Sophie Sumburane · Gefährlicher Frühling

Auf dem Tahrir-Platz in Kairo demonstrieren Tausende Ägypter für mehr Demokratie. Unter ihnen der Ingenieursstudent Kalem Ryshad. Doch alle Hoffnungen auf ein besseres Leben und mehr Freiheit werden durch das brutale Vorgehen der Machthaber zunichte gemacht. Das nordafrikanische Land versinkt in einem Blutbad. Kalem Ryshad gerät in die Fänge der staatlich bezahlten Folterknechte, die nur ein Ziel haben: Kalems Willen zu brechen. Sie stellen ihnen vor eine unmenschliche Aufgabe. Erfüllt er sie nicht, bezahlt er diese Verweigerung mit seinem Leben. Wie wird er sich entscheiden?

Zwei Jahre später in Leipzig. Der Arabische Frühling und Ägypten scheinen weit weg zu sein. Kommissarin Charlotte Petzold hat es mit dem Mord an der Chefin eines Ingenieursbüros zu tun. Eigentlich liegen die Fakten klar auf der Hand. Vor ihrem Tod hatte sie einen heftigen Streit mit einem Mitarbeiter. Doch je länger Charlotte Petzold ermittelt, desto verworrener wird der Fall. Sie stößt auf illegale Waffengeschäfte und alle Spuren führen nach Ägypten.

Sophie Sumburane

Gefährlicher Frühling

PENDRAGON

Auf dem Weg zum Grab seines Vaters fasste Essad Alschad einen Entschluss.

Die Augen zum Himmel gerichtet, umfasste er seine zitternde Mutter ein wenig fester, lauschte auf die Schritte seiner vier Schwestern hinter sich und stimmte sich im Geiste selbst zu. Ja.

Was gab es auch für einen anderen Weg?

Als der Sarg mit seinem Vater in die Erde hinabgelassen wurde, suchte er im Kopf alles zusammen, vergegenwärtigte sich jede Kleinigkeit, dachte an alles, stimmte sich zu.

Immer wieder, als würde er sich kurz darauf selbst widersprechen, leistete er Überzeugungsarbeit an sich selbst.

Auf dem Weg nach Hause ging er gebückt, er spürte eine ungeheuer schwere Last auf den Schultern, war gealtert, schlurfte nur langsam voran, dabei war er gerade dreißig geworden.

Zu Hause brauchte er nicht mehr lange zu überlegen.

Sein Diplom in Geschichtswissenschaften, die Briefe des Vereins arbeitsloser Akademiker mit dem Stempel seiner kleinen Heimatstadt darauf, alles legte er ins Waschbecken.

Nur einen Moment hielt er inne, ein Zögern?

Er entflammte das Streichholz, der Rauch kratzte an der Innenseite seiner Nase. Das kleine Holz landete auf dem Papier, es fing sofort Feuer.

Die Druckerschwärze änderte den Geruch, die Flamme fraß sich durch seine Vergangenheit. Fraß den Text. Fraß das Summa cum laude. Fraß seinen Namen. Alles.

Er spülte die Asche durch den Abfluss, spülte seine Vergangenheit von sich, änderte seine Zukunft und verabschiedete sich von seinem Idealismus.

Es galt, seine zuckerkranke Mutter, seine vier Schwestern und die zwei Brüder zu ernähren. Es galt, zu überleben. Er war jetzt der Älteste. Er drehte das Wasser ab und ging in den Schuppen.

Der Karren seines Vaters war alt, aber noch funktionsfähig. Er zog die Muttern an den Rädern fest und schob ihn in die Sonne.

Seine Familie richtete sich unterdessen ein, in ihrem neuen vaterlosen Leben. Er richtete sich ein, in seinem neuen Leben als Straßenhändler.

Sein erster Weg führte ihn zu Aschna, dem einzigen Händler, der auf Kommission verkaufte. Er hatte keine Wahl, er hatte kein Geld.

Aschna redete ihm ein, sein Vater schulde ihm noch Geld, Essad hatte keine Möglichkeit, das zu widerlegen.

Trotzdem verkaufte er ihm genügend Früchte für seinen Karren.

Er zog durch die Straßen, es war noch zeitig, dennoch schienen alle guten Plätze besetzt. Alle anderen Händler waren nicht am frühen Morgen auf einer Beerdigung gewesen, alle anderen Händler hatten eine Lizenz, einen Stammplatz, Erfahrung.

Wo war der Stammplatz seines Vaters gewesen? Niemand wollte es ihm sagen. Wahrscheinlich hatten sie ihn schon lange unter sich vergeben.

Essad zog seinen Karren, stand an Ampelkreuzungen, und verkaufte einen Teil seiner Früchte. Es kann funktionieren, dachte er, als er zwei Polizisten auf sich zukommen sah.

»Papiere?«, fragte der männliche, dessen Mütze ihm ein gutes Stück zu groß war.

Essad reichte seinen Pass, er verschwand fast in den Händen des Polizisten.

»Warum sitzt du nicht mehr bei deinen Kollegen?«

Er deutete in Richtung des Parlamentsgebäudes.

»Ich habe aufgegeben, man hört uns ja doch nicht an, jetzt verdiene ich meinen Unterhalt als Straßenverkäufer.«

»Warum?«

»Mein Vater ist gestorben. Er war Straßenhändler, ich habe keine Wahl.«

»Und du übernimmst einfach, als wäre nichts passiert?«

»Ist es etwa verboten, ehrlich seinen Lebensunterhalt verdienen zu wollen?«

»Wird auch noch unverschämt.« Er warf seiner Kollegin einen belustigten Blick zu.

»Hast du eigentlich eine Versicherung?«, fragte die jetzt.

»Eine Versicherung für einen Obstkarren? Davon habe ich noch nie gehört.«

»Stell dir mal vor, du überfährst ein Kind. Wer soll dann zahlen? Du etwa? Du gibst hier den Idioten, ich sag das nur zu deinem Besten.«

Der männliche zog jetzt ein Notizheft hervor und schrieb. Dabei sah er Essad aus dem Augenwinkel immer wieder an.

»Denk an die Versicherung!«, sagte er noch. Dann griff er mit beiden Händen in den Obstkarren, biss in einen Apfel und sagte mit vollem Mund: »Los, geh schon weiter.«

Kurze Zeit später, als Essad mit seinem Karren von Platz zu Platz zog, immer wieder vertrieben und beschimpft wurde, suchten Polizisten in Zivil seine Mutter auf.

Sie fragten sie, warum Essad nicht mehr bei der Gruppe der arbeitslosen Akademiker mitmache. Die Mutter antwortete zitternd, stellte es dar, wie es war, sprach von den Ascheresten im Waschbecken und verstummte.

Der Polizist händigte ihr eine Vorladung aus. Noch am gleichen Abend sollte Essad vorstellig werden. Die Mutter brach in Tränen aus. »Mein Sohn macht keine Politik«, schluchzte sie, doch die Polizisten reagierten nicht darauf, ließen sie weinend zurück.

Als Essad schließlich mit leerem Karren am späten Nachmittag nach Hause kam, gab sie ihm den Brief, er las ihn nur kurz und verließ das Haus gleich wieder, ohne ein Wort. Was sollte er auch sagen?

Im Kommissariat saß er auf einer Bank, neben ihm ein armer, sehr elend aussehender Mann, er döste vor sich hin und schwieg. Essad fragte sich, was man einem Mann wohl vorwerfen konnte, der besser im Krankenhaus aufgehoben gewesen wäre. Immer wieder hustete und spuckte der Alte. Essad stand auf, denn er hatte Angst, sich mit Tuberkulose anzustecken. Er ging den Gang auf und ab und versuchte, jemanden aufzutreiben, der ihm sagen konnte, was ihm vorgeworfen wurde, als gegen Mitternacht plötzlich ein Beamter vor ihm auftauchte.

Ausweiskontrolle.

Ein klassisches Verhör.

Man fragte ihn das Gleiche wie schon am Vormittag: Warum traf er sich nicht mehr mit seinen ehemaligen Kampfgenossen? Neu war die Frage, ob die Islamisten ihn abgeworben hätten.

»Nein. Der Tod meines Vaters hat mein Leben aus der Bahn geworfen. Ich muss meine Familie ernähren. Das kann ich nur mit seinem Karren als Obstverkäufer.«

»Und wie läuft es?«

»Ich habe gerade erst angefangen.«

»Junge, du solltest nicht auf ein Wunder warten. Es gibt da draußen sehr viele Händler, die einen schaffen es und verdienen einen Haufen Geld. Die anderen sind naive Versager.

Du musst dich entscheiden, auf welcher Seite du stehen willst.«

Zuerst verstand Essad nicht, was der Polizist von ihm wollte. Vielleicht wollte er es auch nicht verstehen, weigerte sich, doch dann drang es zu ihm durch: Er sollte Polizeispitzel werden. Im Gegenzug bekam er einen rentablen Stellplatz. Wenn er das Angebot ausschlug, könnte er dagegen gleich aufgeben.

»Denk drüber nach.« Ein ekliges Grinsen breitete sich auf dem Gesicht des Beamten aus. »Morgen treffen wir uns am Road Point de l'Indépendance. Geh jetzt nach Hause.«

Essad wusste, würde er dort auftauchen, akzeptierte er automatisch den Handel.

Am frühen Morgen nahm er seinen Verkaufsstand und zog in ein einfaches, belebtes Viertel, weit weg vom Road Point de l'Indépendance.

Die folgenden Tage glichen einer Tortur. Er zog mit seinem Stand umher, verkaufte nur schleppend und musste sich immer wieder Polizisten aussetzen. Sie schikanierten ihn, bedienten sich an seiner Ware, er konnte kaum neue kaufen. Der Weg in die Stadt wurde immer länger, immer früher musste er aufstehen, um einen möglichst guten Platz zu bekommen, von dem er schon ein paar Stunden später vertrieben wurde.

Er kämpfte sich durch, dachte immer wieder an die Diabetes seiner Mutter, seine Geschwister, durchhalten, Essad.

So schlug er sich durch bis zum 17. Dezember 2010.

Es war brutal. Zwei uniformierte Beamte, davon eine Frau, warfen ihn zu Boden, er hatte nicht einmal mehr Zeit, wieder aufzustehen. Sie nahmen seinen Karren. Stießen ihn um, das Obst rollte von ihm weg.

»Beschlagnahmt.«

»Genau, du hast kein Recht, illegal zu verkaufen, du hast keine Erlaubnis, keinen Gewerbeschein, zahlst keine Steuern, bestiehlst den Staat, jetzt ist es aus. Dein Karren ist beschlagnahmt.«

Die Beamtin setzte hinzu: »Und jetzt hau ab! Los, mach die Biege!«

Noch immer lag er am Boden, völlig fassungslos, der Beamte malträtierte ihn mit Fußtritten. Ein paar Schaulustige blieben stehen.

Ein Kleintransporter der Polizei kam an, weitere Beamte stiegen aus und fingen an, die Ware aufzusammeln, einer aß einen Apfel.

Essad musste gehen, aber er wollte nicht. Er setzte zu einem Widerwort an und bekam eine Ohrfeige. Die Beamtin spuckte ihm ins Gesicht, in ihm starb etwas.

Seine Menschlichkeit. Völlig entwürdigt, enteignet, entmenschlicht. So ging er. Er hatte keine Wahl, in ihm brannte ein Feuer. Er konnte an nichts mehr denken.

Zu Hause schob er das Motorrad aus dem Schuppen und setzte sich darauf. Die Straßen zogen an ihm vorbei, völlig konturlos, er nahm nichts mehr wahr. Nichts, nichts, nichts. Ein großes entmenschlichtes Nichts.

An der Tankstelle ließ er sich zwei Plastikflaschen mit Benzin füllen, von dort aus fuhr er weiter zum Rathaus.

Sein Motorrad schloss er an, gestohlen wurde es auch so.

Er sah in den Himmel. Die Sonne brannte auf seiner Haut. Noch immer spürte er die Stelle glühen, an der ihn die Spucke der Beamtin getroffen hatte.

Ein letztes Mal ging er zum Eingang des Rathauses, bat den Pförtner um Einlass, ein Gespräch mit dem Bürgermeister, man müsse ihm doch zuhören. Nein. Beleidigungen. Ablehnungen.

War er so wenig wert? So gar nichts?

Seine Gedanken überschlugen sich, seine Würde spülte er von seiner Kleidung, als er sich mit dem Benzin übergoss. Er sah jetzt ganz klar. Konnte jeden Gedanken ganz deutlich spüren, es schüttelte ihn, er wusste, er hatte keine Wahl, wie sollte er noch leben können? Wie?

Alles, wozu sein Leben noch taugte, war ein Zeichen zu setzen. Ein lautes Zeichen, eines, das bis nach Europa schallen sollte, eines, das eine unglaubliche, unvorhersehbare Revolution auslösen würde.

Er wollte den Anstoß geben, er würde der Funke sein, der das Land und die ganze arabische Welt zum Brennen brachte.

Als er das Streichholz zündete, dachte er an seine Mutter. An seinen Vater. An seine verlorene

Menschlichkeit. Er dachte an seine Träume und hielt das Streichholz an sein Hemd. Es fing sofort Feuer. Der Pförtner schrie grell auf, Leute liefen herbei, versuchten, Essad mit Jacken zu löschen.

Einen Moment rannte Essad als lebende Fackel auf dem Platz vor dem Rathaus herum, er schrie nicht, sackte einfach zu Boden.

Er sah nicht mehr aus wie ein Mensch. Ganz schwarz, über und über schwarz. Die Menschen, der Pförtner, weinten.

*

Roman Schelter langweilte sich hinter seinem Telefon, drehte das Kabel, das wie ein Stück Nostalgie am Hörer hing, auf seinen Finger auf und wieder ab und beobachtete seinen Kaffeebecher. Wie doll müsste er wohl kippeln, damit er umfiel? Also der Kaffeebecher, nicht er selbst. Telefondienst war für ihn die unbeliebteste Aufgabe, stundenlanges Starren auf den Computerbildschirm, mittlerweile hatte er das Gefühl, sämtliche Internetseiten auswendig zu kennen. Doch Telefondienst war ihm lieber, als Streife fahren, es gab ihm das Gefühl, zu den Kommissaren zu gehören, sie kannten ihn beim Namen, grüßten und waren ein Stück weit auf ihn angewiesen.

Auf den hinteren Stuhlbeinen wippend, stützte er sich mit seinen Knien an der Tischkante ab, grinste noch ein wenig über den vorherigen Anruf und ließ seinen Kaffee nicht aus den Augen.

Ein Kind hatte angerufen, sechs Jahre alt. Es hatte verkündet, die Mutter sei verschwunden. Roman Schelter war ein wenig panisch geworden, solche Dinge setzten ihm zu, wegen dieser Fälle ging er regelmäßig zur Polizeipsychologin. Es kribbelte in ihm, als er seine Fragen stellte.

Das Kind schüttelte hörbar den Kopf.

Verstecken. Sie spielten Verstecken. Die Mama sei jetzt schon so lange so gut versteckt, nur die Polizei könne sie wiederfinden. Schelter unterdrückte ein Lachen. Im Hintergrund kam die Mutter rufend angelaufen. »Lisa, Lisa, Lisa, nicht doch!«, hörte er die zwischen Ärger und Belustigung schwankende Stimme. Zu ihrer Beruhigung lachte er in den Hörer, die Erleichterung breitete sich in beiden Erwachsenen aus, Lisa freute sich, dass ihre Strategie funktioniert hatte. Unerschütterlicher Glaube an die Arbeit der Polizei, den selbst Roman Schelter nicht mehr in sich trug.

Er legte den Hörer auf, löschte die Aufnahme und wartete auf die nächste Überraschung durchs Telefon.

Als das Klingeln schließlich erneut ertönte, wäre er beinahe umgefallen. Er selbst, nicht der Kaffee.

Die Stimme am anderen Ende zitterte. Roman kontrollierte, ob das Gespräch aufgenommen wurde und fragte, woher sie anrufe.

Querstraße.

Blut. So viel Blut, zitterte die Stimme hervor. Und mittendrin, im Blut, eine Puppe, die mal ihre Chefin war. Genau so sagte es die Stimme. Blut und eine Puppe.

*

Ich hasse diesen Scheiß. Meine Kollegin Claudia Eckart liebt es. Ständig schleppt sie mich hier hin. »Bitte, Charlotte, für einen Restaurantbesuch ist eben keine Zeit«, wackliges Argument, finde ich, aber da wir uns bereits Jahre lang kennen und zusammen arbeiten, weiß ich, Diskussionen über Essen mit Claudia sind undankbar und länger, als ein Restaurantbesuch. Seit dem Tag der Eröffnung waren wir gefühlt jeden Tag hier: Kentucky Fried Chicken.

Essen, das nie lange satt macht. Ein Verkaufsraum im Leipziger Hauptbahnhof, in den auch super eine Buchhandlung gepasst hätte. Ein Fresstempel stattdessen. Na schön. Hier ist es auch voller als drüben bei Ludwig.

Ich sog am Plastik meines Strohhalms, das eisige Wasser füllte meinen Mund vollständig, bevor ich es schluckte. Claudia aß. Ich sog. Als mein Handy klingelte, hatten wir beide den Mund voll.

Ich griff nach dem Smartphone, Roman Schelters Bild leuchtete darauf. Ich antwortete, ohne zu grüßen, seine Stimme nannte eine Adresse, Querstraße und einen Firmennamen, der mich in diesem Zusammenhang irgendwie nicht überraschte. Das tat dagegen das Wort »Mord«, das er zu einem so frühen Zeitpunkt nur in den Mund nahm, wenn der Täter noch beim Herausziehen des Messers gesehen worden war. Oder zumindest fast.

»Claudia, umschalten. Ein Mordfall in einem Ingenieursbüro. Nimm die Esspappe mit, wir müssen los.«

Zur Querstraße hätten wir vom Hauptbahnhof aus laufen können. Das hätten wir vielleicht auch machen sollen, denn bis wir aus der Tiefgarage heraus waren, hätten wir den Weg zu Fuß bereits drei Mal zurückgelegt. Parken war unmöglich, lauter Wunderblumen in Menschengestalt, Einsatzwagen und PKWs, und das in einer einspurigen Nebenstraße. Ich entschied mich also gegen das Parken und für das Halten und schaltete überflüssigerweise die Warnblinkanlage ein. Claudia Eckart und ich standen auf beiden Seiten neben meinem Wagen und sahen uns kurz an, bevor wir auf den Tatort zugingen.

Der Eingang zum Gebäude, in dem das Ingenieursbüro WesTex Büroräume angemietet hatte, hätte futuristischer nicht sein können. Zwei auf Hochglanz polierte Glastüren glitten automatisch zur Seite, auf goldenen Schildern waren die Namen und Etagenangaben gedruckt.

Der gläserne Fahrstuhlschacht vor uns war durch ein rotweißes Absperrband außer Betrieb gesetzt, wir nahmen die Treppen. An den Wänden hingen gerahmte Werbeplakate, das Firmenlogo der WesTex prangte übergroß darauf. Lächelnde Männer und Frauen wechselten sich auf den Plakaten ab, hielten nicht nur ihre strahlenden Zähne, sondern auch ihre erhobenen Daumen in die Kamera. Hier produziert man also lächelnde Menschen.

Im zweiten Stock dagegen, saß eine Frau ohne erhobenen Daumen, ohne Lächeln, neben der Glastür am Boden, hielt sich die Hände vor die Augen und schien zu versuchen, nicht da zu sein. Ihr blondes Haar aber gab ihr ungewolltes Leben, frisch gefärbt wirkte es völlig fehl an diesem farblosen Platz, auf diesem leblosen Kopf, der sich nur unter tiefem Atmen immer mal wieder hob und senkte. Die Beamtin, die bei ihr saß, sah gelangweilt von einem Kollegen zum anderen, als hoffte sie, jemand käme, sie abzulösen. Wir sicher nicht, dachte ich, als könnte sie es hören, und wendete meinen Blick von den beiden Frauen ab.

Hinter der Glastür sah ich Thomas Haffner mit einer Kamera in der Hand. Endlich eine Kamera, hatte er ausgerufen, als ihm nach mehrmaligem Beantragen eine digitale Spiegelreflex gestellt wurde.

»Was willst du mit gestochen scharfen Aufnahmen der Leiche?«, hatte ich ihn gefragt. »Du weißt schon, dass du damit keinen Preis gewinnen kannst?!«

»Ja, ja.«

Er glaubte daran, dass so jedes kleine Detail des Tatorts genauer festgehalten werden konnte, man ließ ihm den Spaß.

An diesem Tatort diskutierte er mit einem seiner Mitarbeiter der Spurensicherung. Der Mann im weißen Overall sah teilnahmslos aus, so weiß wie sein Schutzanzug. Thomas Haffner gestikulierte im Raum herum. Sein wachsender Bauch drückte von innen gegen seinen Anzug. Ohne Ton wirkte die Szene absurd. Verkappte Taucher, die den Weg zum Meer nicht finden, so standen sie da, stritten, wer die Karte vergessen hatte.

Ich zwang meine Gedanken zurück ins Firmengebäude, die gute Laune des Vormittags spielte mir Streiche. Mit den Fingern umfasste ich in meiner Jackentasche meinen Polizeiausweis und sagte mir mein Mantra vor: »Hier bist du Kommissarin. Umschalten.« Ich suchte den Schalter in mir, fand ihn, als Claudia die Glastür aufstieß und der metallische Geruch uns überrollte. Blut. Nur Blut roch so. Blut, das schon mindestens eine Stunde in den Teppich sickert.

Ich sah sie sofort, die Frau, deren Gesicht ich aus diversen Zeitungen kannte. War es nicht auch eines der Gesichter auf den Treppenhausplakaten?

Unter ihrem Haaransatz klaffte jetzt ein Loch, ein Einschussloch. Kein Zweifel, der Täter musste direkt vor ihr gestanden haben. Ihr Kopf war nach vorn gesackt, der restliche Körper saß aufrecht im Bürostuhl. Sie sah aus, als schliefe sie, nur ein kurzes Nickerchen bei der Arbeit, gleich wieder wach, wäre da nicht das Blut.

Das Blut, das von ihrem Gesicht auf den Schreibtisch getropft war, das Blut, das hinter ihr an der Wand klebte, das Blut, das ihr das Gesicht hinab gelaufen war, ihre Haare verklebte.

»Hinrichtung«, zwängte Claudia Eckart aus ihrer Kehle hervor.

Wir standen noch immer im Türrahmen, das Zimmer war voller Menschen in weißen Anzügen. Ich hatte keine Lust, mir einen geben zu lassen und auch noch dazwischenzufunken. Hinter uns kamen zwei schwarz gekleidete Männer die

Stufen herauf, sie trugen einen silbernen Kasten, der den Sarg der Gerichtsmedizin darstellte. Ein Zwischensarg, in dem man nicht liegen wollte. Ich grüßte nur mit einer Handbewegung und wies Claudia an, mit mir zu kommen.

»Wir müssen hier wirklich vorsichtig sein, was davon an die Öffentlichkeit kommt. Ich glaube, wir stehen auf einem Eisberg, unter dem ein Vulkan an die Oberfläche drängt.«

»Ein Eisberg, unter dem was? Der Frühling lässt dich lyrisch werden, was?«

»Ich meine das ernst!«

»Ich auch. Jetzt warte doch erst mal ab, wahrscheinlich war es ihr Freund, der eifersüchtig war, weil sie erfolgreicher und so weiter.«

»Du machst es dir ja leicht.«

»Du machst es dir aber kompliziert. Ein Eisberg.« Sie schüttelte den Kopf.

Ich sah meine langjährige Kollegin an. Immer öfter erschien sie mir zynisch, ich schob es auf ihren Hunger. Meinen eigenen spürte ich schon gar nicht mehr.

»Wir sollten zuerst die Sekretärin befragen, die sie gefunden hat, bevor wir den Täter festnehmen.«

Doch Claudia Eckart blieb, wo sie war. Ihr Blick verschleierte ihre Gedanken, ihre Augen wirkten plötzlich völlig leer.

»Claudia? Geht es dir gut?«

»Mir ist schlecht. Ich glaube, ich gehe einen Moment ans Fenster hier.«

Wo war die Farbe aus ihrem Gesicht? Das Make-up hing von ihrer Haut, als gehöre es nicht dazu. Sie ging ans Fenster am Ende des Ganges und versuchte es zu öffnen, doch es hatte ein kleines Schloss am Griff, wie die meisten Fenster in solchen Bürogebäuden. Es ließ sich nicht öffnen. Claudia zerrte weiter daran. Plötzlich schrie sie es an, keuchte und schlug mit der flachen Hand auf die Scheibe. Wieder und wieder. Der dumpfe Knall fuhr durch den Flur. Jeder, selbst die Sekretärin mit ihren geschwollenen Augen, drehte sich zu ihr um.

»Claudia? Was machst du da?« Dumme Frage. Hilflosigkeit?

»Claudia?«, sie drehte sich um.

»Charlotte. Da hänge ich mit drin. Vielleicht ist das sogar meine Schuld.«

*

An meinen Händen klebt ihr Blut. Wirklich und tatsächlich. Blut. Scheiße, warum hat mir keiner gesagt, dass man das so schwer abgewaschen bekommt? Selbst von der Haut, wie lange musste ich schrubben.

Die Kleidung schmiss ich weg, die Schuhe ebenso. Ich hatte extra zu große Schuhe angezogen, so würden meine nicht zu den gefunden Fußspuren passen. Fußspuren. Ich hinterließ sie in ihrem Blut.

Es war so leicht gegangen. Ich sah ihr direkt in die Augen, diese widerlichen Augen, die jeden Tag aufs Neue in den Abgrund blickten und daran auch noch Freude hatten, diese Augen, die nun so taten, als tue es ihnen leid, die mich so oft angesehen hatten, überall. Nun hatte ich in sie gesehen, intensiv und hatte abgedrückt. Einfach so.

Es war so leicht gegangen. Als das Blut aus ihrem Kopf spritzte, die Wand hinter ihr färbte, war ich gelähmt. Geschockt vor Schreck, weil es so einfach war. Weil sie tot war. Sich nicht mehr bewegte. Nie mehr.

*

Claudia und ich saßen zusammen in meinem Opel, die Warnblinkanlage klickte. Claudia sah starr aus dem Fenster, beobachtete die vorbeigehenden Polizisten und Passanten, die wenigen Fotografen und Kameras. Ich hatte meine Frage schon vor fünf Minuten gestellt und wartete geduldig, hielt die Hand, zwischen deren Fingern die Zigarette hing, aus dem offenen Fenster und zog ab und zu am Filter.

»Diese Frau war ein Drachen, Charlotte«, sagte Claudia irgendwann ruhig.

»Aha.« Der Versuch, ihren Blick auf mich zu ziehen.

»Sie hat ihren Freund regelrecht terrorisiert. Benutzt wie einen Hausmann. Sie wollte keinen Freund, sondern einen Hausmann.«

Sie fuhr sich mit der Hand durch die Haare, endlich sah sie mich an.

»Er hat sie verlassen. Deswegen. Aber vor allem: wegen mir.«

»Dir? Du warst mit dem Exfreund von Hanna Stieg zusammen?«

»Na ja, Exfreund nicht. Sie waren ja noch ein Paar. Er wohnte noch bei ihr, sie wickelte ihn immer wieder um den Finger. Gegen ihr Geld und ihre Jugend kam ich nicht an. Sieh mich doch an. Na ja, ich wollte das dann beenden. Gestern. Ich wollte nicht die Nummer zwei sein. Ein Spielzeug oder als was auch immer er mich gesehen hat. Ganz oder gar nicht. Das hab ich ihm gesagt. Seine Antwort war: Nein, ich werde das beenden. Dann ist er gegangen, und nun ist sie tot.«

Endlich liefen die Tränen, endlich bewegte sie sich. Bebte. Nun war ich es, die bewegungslos und stumm dasaß.

»Das sieht gar nicht gut aus, aber wir müssen trotzdem ordentlich unsere Arbeit machen. Vielleicht ist es alles ganz anders«, sagte ich endlich, die Pause viel zu lang, Claudias Antwort die logische Konsequenz: »Hohle Floskeln.«

»Vielleicht solltest du dich aus den Ermittlungen heraushalten, Befangenheit?«

»Vielleicht.«

»Fahr doch am besten nach Hause. Jetzt.« Dieser Blick, ja, ja, drückte er aus. Gemischt mit Angst. Ginge sie jetzt, wäre das wie ein Geständnis. Sie beschuldigt ihn, glaubt daran. Sie stieg aus dem Wagen.

»Ich nehme die Bahn. Fährt ja gleich von hier vorn.« Die Tür schlug zu.

Ich saß plötzlich allein in meinem Opel, zog an der Kippe und versuchte, das Zittern der Finger zu unterdrücken. Gerade steckte ich mir die zweite an, als Mario Lasslo um die Ecke kam und sich neben den Wagen stellte.

Der neue Erler, dachte ich jedes Mal und wusste nicht, wen ich damit mehr beleidigte. Den pensionierten Paul Erler, den ich mit einem Neuling frisch von der Uni gleichsetzte, oder Mario Lasslo, der den Platz eines alternden Beratungsresistenten eingenommen hatte.

»Bekomme ich auch eine?« Diese Schnorrerei, unmöglich. Ich gab ihm eine.

»Du ersetzt jetzt Erler und Claudia«, ich ließ den Stummel aus dem Fenster vor seine Füße fallen. Nach dem Aussteigen trat ich ihn unter der Schuhspitze aus.

»Ich hab ja viel von der desaströsen Personalsituation gehört, aber Neuen gleich zwei Stellen geben? Ist das jetzt auch schon üblich, Chefin?« Grinsen. Sein forsches Auftreten gefiel mir, es lenkte mich ab, weil es so vollkommen fehl am Platz wirkte.

Statt zu antworten ging ich auf das Gebäude zu, der Glasfahrstuhl fuhr wieder, schob zwei schwatzende Beamtinnen in mein Blickfeld. Ich nahm die Treppe. Vor dem Plakat der lächelnden Hanna Stieg blieb ich stehen. So sah sie also aus, ohne Loch im Kopf. Na klar. Immer wieder war sie in der Lokalzeitung erschienen. Sie war das Gesicht der Firma, die blonde Visitenkarte. Konnte ihr Tod wirklich solch einen banalen Grund haben?

In den meisten Fällen hatten Morde solche Gründe, Rache, Eifersucht, Habgier. Doch ich glaubte nicht daran. Musste es aber, zumindest ein Teil von mir, kein Weg durfte ausgeschlossen werden, bevor er gegangen war.

»Ist das die Tote?«

Ich schreckte zusammen, als Lasslo mich aus den Gedanken riss. Er wirkte vollkommen ruhig, zeigte jetzt mit dem Finger auf das Plakat und zog fordernd die Augenbrauen hoch. Seine dunklen Locken hatte er mit zu viel Gel nach hinten gekämmt.

»Ja, Hanna …«

»… Stieg. Die kenne ich aus dem Fernsehen.« Weitergehen.

Die Leiche war inzwischen in den silbernen Sarg gelegt worden. Ich versuchte, die fragenden Blicke zu ignorieren, steckte meinen Kopf durch die Glastür. Die Kollegen von der Spurensicherung waren nur noch vereinzelt zu sehen, hatten sich jetzt nach draußen begeben, um das Umfeld nach Spuren abzusuchen. Thomas Haffner winkte mich zu sich. Lasslo klebte an mir, sah angestrengt von dem offenen Sarg weg. Der metallische Geruch hing noch immer im Raum.

Haffner hatte bereits die Blutspritzer an der Wand ausgemessen, dunkle Linien zogen sich jetzt zwischen ihnen über die Tapete, ein Spinnennetz.

»Der Täter muss direkt vor ihrem Schreibtisch gestanden haben, der Schuss kam schräg von oben. Sie saß, er stand.« Er hatte meinen Blick bemerkt. Setzte hinzu: »Ja, da klebt auch Hirnmasse.« Mario Lasslos Augen schlossen sich.

»Ganz schöne Wucht hatte der Schuss, die Kugel ist hinten ausgetreten. Da musst du dann die

Gerichtsmedizin nach dem Durchschusskanal fragen. Wir haben bisher jede Menge Fingerabdrücke gefunden. Wirklich jede Menge. Eigentlich haben wir weniger Stellen ohne Abdrücke als mit gefunden. Da kannst du puzzeln.«

»Kann man die auch auf deiner Spiegelreflex Spurensicherungsmaschine sehen?«

»Sehr witzig, Frau Kollegin.«

»Dann hör doch mal auf, darauf herum zu tippen. Das macht mich wuschig.«

»Du wirst schon sehen, was du davon hast, wenn du gestochen scharfe Tatortfotos bekommst.«

»Sonst noch etwas Auffälliges?« Lasslos Stimme schlich sich zwischen ihre.

»Fußspuren. Und zwar im Blut da.« Er zeigte hinter den Schreibtisch.

»Der Täter, oder die Täterin, scheint nach dem Schuss um den Tisch herumgegangen zu sein. Wahrscheinlich um zu gucken, ob sie wirklich tot ist. Bei dem Loch eigentlich zweifelsfrei.«

»Vielleicht wollte er sie auch einfach wieder hinsetzen.« Lasslo war ebenfalls um den Tisch herumgegangen, den Blick auf den Boden gerichtet.

»Sie wieder hinsetzen?« Haffner steckte seine Kamera in die Tasche am Boden und sah zu Lasslo auf.

»Warum sollte er nachsehen, ob sie tot ist? Sieh dir doch bloß mal die Menge Blut an, der kann doch nicht ernsthaft geglaubt haben, dass sie noch lebt.«

»Aber warum sollte er sie wieder hinsetzen wollen?«

Die Frage blieb im Raum hängen. Einen Moment.

»Wie saß sie denn da? Kann es sein, dass sie nicht mehr bewegt wurde, nach dem Schuss?«

Haffner holte seine Kamera wieder heraus und schaltete sie ein. Als er das Bild fand, auf dem die sitzende Leiche zu sehen war, knieten wir uns neben ihn.

»Das Beste wird sein, wir schauen uns das am PC im Präsidium an. Der Bildschirm ist ein bisschen zu klein.«

»Mhm. Aber wenn, warum hätte er sie wieder hinsetzen sollen?« Ich war wieder aufgestanden, hatte den Körper schließlich selbst gesehen. Jetzt sah ich mir die Blutspuren hinter dem Tisch an.

»Vielleicht, um sie zu fotografieren? Damit das Gesicht auch erkannt werden kann?«, warf Lasslo ein.

»Von wem?«

»Von dem Mörder selbst. Vielleicht will er damit das Hochgefühl aufrechterhalten, das er beim Ermorden hatte.«

Ein aufgeschlagener Notizblock lag jetzt in meiner Hand, ich suchte eine leere Seite.

Auf die oberste Zeile schrieb ich das Datum und Hanna Stieg. Dann Lasslos Vermutungen, die ich nicht unter den Tisch fallen lassen wollte, auch wenn sie mir zu platt, wie aus einem seiner Lehrbücher, vorkamen.

»Wo ist denn eigentlich die Sekretärin?« Fragende Blicke.

Ich zog mein neues Smartphone aus der Tasche und wischte mit dem Finger über das Display. Die schmierige Spur, die mein Schweiß dabei hinterließ, entfernte ich sofort mit einem Taschentuch.

Dann tippte ich Romans Nummer an.

»Weißt du, wohin die Sekretärin gebracht wurde?«, fragte ich, als er sich meldete.

»Du meinst Franka Grundig?«

»Ja, genau.« Bis eben hatte ich den Namen nicht gekannt, ich schrieb ihn an den Rand der Blockseite.

»Sie ist mit einem Schock ins Krankenhaus gebracht worden. Uniklinik.«

»Hm, okay«, sagte ich mehr zu mir selbst und legte auf.

»Lasslo, dann fahren wir doch erst zu Leander Lore.«

»Ich bring euch später die Spuren!«, verabschiedete sich Haffner und zog den Gurt seiner Kameratasche fester.

»Wer ist denn Leander Lore?«

Auf dem Weg zum Auto umriss ich kurz, was ich vor einer Stunde von Claudia erfahren hatte. »Routine«, so würden wir es nennen.

»Wie willst du ihm erklären, dass du schon von ihm weißt?«

»Ich denke, den Zusammenhang bekommt er schon selbst hin. Außerdem wohnt er ja auch bei dem Opfer.«

Verlegen sah der neue Kollege auf seine Hände, schien zu überlegen.

»Das war nicht ihr Freund. So kaltblütig?«

»Du wirst noch sehen, wozu Menschen in der Lage sind.«

Wortlos fuhren wir durch die Stadt den kurzen Weg in die Ferdinand-Lassalle-Straße. Das Auto stellte ich auf die Parkseite unter den Bäumen. Die frische Frühlingsluft, gewaschen vom Nieselregen des Mittags, füllte meine Lungen. Bei dem Gedanken fielen mir plötzlich Claudias Chickenwings wieder ein. Sie lagen noch in ihrer Box auf dem Rücksitz. Sie würden wohl bis zum Abend dort liegen.

Lasslo stand schon an der Wohnungstür.

»Wir kommen, um ihm zu sagen, dass sie tot ist. Erst mal. Verstanden?«

»Verstanden.« Er drückte auf die Klingel.

Leander Lore stand in den Türrahmen gelehnt,

mit verschränkten Armen sah er uns beim Treppensteigen zu. Ich hielt ihm meinen Polizeiausweis entgegen. »Guten Tag, mein Name ist Charlotte Petzold, Kripo Leipzig. Das hier ist mein Kollege Mario Lasslo. Ohne die Arme zu lösen, drehte er sich zur Seite und ließ uns wortlos in den Flur. Die weißen Wände waren mit lilafarbenen Tapetenstreifen beklebt, nussbraune Möbel mit goldenen Griffen standen wie in einem Museum. Plastikblumen sollten diesen Eindruck wohl brechen, zeugten aber nur von zu wenig Zeit, selbst zum Blumengießen.

Leander Lore sah uns dabei zu, wie wir die Schuhe auf dem Abtreter abstreiften, schien nicht verwundert, Besuch von der Kriminalpolizei zu bekommen.

Hatte Claudia ihn bereits angerufen? Ich dreh ihr den Hals um, aber erst mal setzte ich mich auf einen Stuhl.

Die weißen Holztüren, die vom Flur abgingen, waren allesamt geschlossen, kurz zählte ich die Zimmer. Für zwei Personen sehr großzügig. Zum Wohnzimmer führte eine Glastür mit goldener Klinke. Kirschholzparkett, weinrote runde Teppiche. Die weiße Couch wirkte wie erst gestern gekauft. Wohnt hier wirklich jemand?, dachte ich und bewunderte die fast schon klinische Reinheit des Zimmers. Kinder kann die nicht haben, da war ich mir sicher. Dabei dachte ich an die blauen Filzstiftstraßen auf meinem beigefarbenen Sessel. Wir setzten uns an den Esstisch, Filzstopper unter den Stuhlbeinen verhinderten kratzende Geräusche.

»Worum geht es denn? Sie kenne ich doch, Frau Petzold.« Er setzte sich direkt neben mich, gefaltete Hände auf der Tischplatte. Ein steifes Lächeln.

»Es geht um Ihre Partnerin.«

»Lebensabschnittsgefährtin.«

»Was für ein treffendes Wort.«

»Was hat sie denn? Schickt sie jetzt die Polizei, um mich aus der Wohnung zu bekommen?«

»Nein.«

Lasslo stand noch immer an der Wohnungstür im Flur, erst jetzt schloss er sie und trat einen Schritt ins Zimmer. Er stand da wie auf einem Kriminologielehrbuchfoto. Lektion: »Die Er/Sie-ist-tot-Nachricht.« Die Arme vor dem Körper verschränkt, den Kopf leicht schief gelegt. Bevor er etwas Dummes sagen konnte, fuhr ich fort: »Ihre Freundin, die hier mit Ihnen wohnt, ist Hanna Stieg?«

»Kann man so sagen.«

»Herr Lore, Ihre Freundin ist ermordet worden.«

Er straffte den Rücken, erstarrte in der Bewegung und sah mich an. Ausdruckslos. Seine Lippen bewegten sich tonlos. Unmerklich.

»Wir können noch nicht genau sagen, wann es passierte. Vermutlich heute am frühen Morgen. Wann haben Sie sie denn das letzte Mal gesehen?«

Sein Kopf bewegte sich langsam, als er sich Mario Lasslo zuwendete. Als hoffte er, er würde mir widersprechen. Noch gab es einen Funken Irrtumshoffnung. Sein Dreitagebart war voller als seine Frisur, das steife Lächeln hatte sich darin verfangen, zuckte.

»Sind Sie sicher, dass es Mord war?«, fragte er schließlich.

»Ja, daran besteht kein Zweifel.«

Er strich sich mit der flachen Hand über den Kopf, immer wieder, immer schneller. Die Augen fest geschlossen, als könne er so irgendwas von seiner Seele fernhalten. Schmerz?

»Ich war heute Nacht nicht zu Hause. Ich war bei, ähm …«

»Bei Claudia Eckart?«

»Jetzt weiß ich wieder, woher ich Sie kenne. Ja, bei Claudia.«

»Wissen Sie noch, bis wann genau?«

»Ich habe um fünf Uhr die Straßenbahn genommen. Als ich hier ankam, war Hanna schon weg.« Er hatte nicht aufgesehen, die Finger ruhten auf der Kopfhaut. Erst jetzt sah er mich an, dieser Blick, er stand im Tunnel.

Ich schrieb die Zeiten auf meinen Zettel, überschlug kurz im Kopf die Fahrzeit und schrieb Todeszeitpunkt!? doppelt unterstrichen dahinter.

»So früh?«, fragte Lasslo und traute sich nun noch einen Schritt näher heran. Seine Arme hatte er sinken lassen.

»Ja, sie ging immer so früh. Im Moment hatte sie viele Bewerbungsgespräche, um eine freigewordene Stelle wieder zu besetzen. Sie meinte, am Morgen am besten zu arbeiten. Tagsüber hatte sie das Büro dann voller Bewerber.«

Das erklärte die vielen Fingerabdrücke. Und erschwerte die Ermittlungen ungemein.

»Können Sie beweisen, dass Sie zur angegebenen Uhrzeit in der Straßenbahn saßen?«

Er kramte in seiner Hosentasche und zog ein zerknittertes Stück Papier hervor. Der Fahrschein. Gekauft an Claudias Haltestelle.

»Hat Sie jemand gesehen, als Sie hier ausgestiegen sind?«

»Weiß ich nicht. Da müssen Sie mal die Nachbarn fragen, ich habe jedenfalls niemanden gesehen, den ich kenne.«

»Was war Frau Stieg für ein Mensch?«

»Also erst mal wissen Sie ja bestimmt schon, dass sie nicht mehr so richtig meine Freundin war. Ich wohne noch hier. Oder zumindest darf ich bleiben und verdiene mir Mietfreiheit mit Putzen, Einkaufen und mit Für-sie-da-sein. Damit hatte sich Hanna ganz gut eingerichtet. Ich wollte aber doch lieber mal wieder ein richtiger Mann sein.«

Die Souveränität hatte zu ihm zurückgefunden, die Hände lagen wieder gefaltet vor ihm auf dem Tisch. Könnten Sie bitte dieses dämliche Grinsen abstellen!, wollte ich brüllen, erkannte, dass es sein Schutzwall war, und ließ es bleiben. Lächeln als Selbstschutz.

»Mir machen Sie doch einen recht männlichen Eindruck.«

»Machen Sie sich nicht lustig. Ich bin doch hier zum Hausmädchen mutiert. Hanna war sehr fordernd, karriereorientiert und allgemein ziemlich narzisstisch. Da bleibt für Gedanken an andere nicht viel Platz.«

»Wie lange waren Sie ein Paar?«

»Eine Zweckgemeinschaft zur sexuellen Befriedigung. Drei Jahre.«

»Dafür, dass Sie sich angeblich so unwohl bei ihr fühlten, ganz schön lange.«

»Na, Sie wissen doch, wie sie aussieht. Zwangloser Sex mit einer solchen Frau, ich war ja mal ein Mann. Jetzt bin ich aber eher auf der Suche nach einer Frau, die sich auch zu mir bekennt.

Ja, ich wollte hier raus. Das wollten Sie doch fragen, oder?«

»Das hat uns Claudia Eckart schon so oder so ähnlich erzählt. Sie freut sich sicher, dass Sie das jetzt noch mal bestätigen.«

»Mhm. Und nun glauben Sie, dass ich das war?«

»Zunächst glauben wir noch gar nichts. Wir müssen alle Möglichkeiten in Betracht ziehen, Herr Lore.«

»Mhm. Also glauben Sie es. Wollen Sie den Fahrschein mitnehmen?« Er schob ihn mit zwei Fingern über die Tischplatte, sah mir dabei fest in die Augen, ohne das Grinsen.

»Das ist ein Beweismittel.« Ich legte ihn in den Notizblock und schlug den zu.

»Hatte Hanna Stieg Familie in Leipzig?«

»Nein. Von ihren Eltern hat sie sich schon vor Längerem distanziert. Sie hatte einfach keine Zeit für tiefer gehende menschliche Beziehungen.«

»Hat sie denn überhaupt noch Familienangehörige?«

»Ihre Eltern leben noch, ja. Die Mutter irgendwo in München. Wo ihr Vater ist, weiß sie selbst nicht. Aber wie gesagt, es interessierte sie auch nicht.«

»Vielen Dank, Herr Lore. Wenn Ihnen noch

etwas einfällt, rufen Sie mich am besten direkt an.«

Die Visitenkarte lag vor ihm auf dem Tisch. Ich stand auf.

*

Zwei Wochen hatte Essad Alschad die Selbstverbrennung überlebt. Zwei Wochen, in denen eine Welle losbrach, die er sich so sicher nicht vorgestellt hatte. Aber gewünscht. Zwei Wochen, in denen er so viel Zuspruch bekommen hatte wie nie zuvor in seinem Leben. Zwei Wochen, in denen er von all dem nichts mitbekam. Zwei Wochen, die aus einer Minute als lebende Fackel resultierten und nun dazu führten, dass Ben Ali ihn am Krankenhausbett besuchen kam.

Demonstrationen brachen los im ganzen Land. Tunesien stand in verbalen Flammen. TV-Reporter überrollten das Land, überrollten Essads Familie, filmten Essads komplett bandagierten Körper. Essad, das Opfer, Essad, das Symbol. Ein Aufbegehren, ein Brodeln, das endlich durch die Oberfläche gebrochen war.

Die Mumie Essads im Krankenhaus. Der Präsident daneben. Ahnte er, was kommen würde?

Lächerliches Gehabe, obszöne Szenen, fehl am Platz. Ben Alis Finger zittern, niemand sieht es.

Zwei Wochen kann man also als lebende Fackel überleben. Am 4. Januar 2011 starb Essad Alschad.

Ein Symbol starb. Mehr als ein Mensch.

Ein Land erwachte. Eine Region. Mehr als eine Revolte. Ein Aufbruch.

Im ganzen Land demonstrierten die Menschen, arbeitslose Akademiker neben unterdrückten jungen Frauen. Menschen, die Mensch sein wollen, riefen: »Wir sind alle Essad Alschad!«

*

Seit dem letzten Jahr hasste ich Krankenhäuser. Die Uniklinik war eigentlich ein Komplex aus mehreren Klinikgebäuden, und ehe ich das richtige gefunden hatte, hatte es angefangen, so richtig stark zu regnen. Nieselregen ist für Weicheier, erklärte Lasslo, als ich mich beschwert hatte. Dann war ich halt ein Weichei. Und eben echt ungern krank.

Ordentlich durchnässt fanden wir schließlich das Zimmer, in dem die Sekretärin der Getöteten saß und den Tropfen beim Fallen zusah. Die frisch gefärbten blonden Haare hatte sie aufgerollt und hoch gebunden. Der gestärkte Kragen ihrer Bluse stand in merkwürdigem Kontrast zu ihrer zusammengesunkenen Gestalt. Erst als Mario Lasslo die Tür ins Schloss fallen ließ, drehte sie sich um, die Augen aufgerissen, als hätte sie einen Schuss gehört.

Ich versuchte, über das komplett verlaufene Make-up hinwegzusehen. Ohrfeigte mich innerlich selbst, genau, Charlotte, hol nur deinen Taschenspiegel raus und kontrolliere erst mal deine Wimperntusche. Unsensibles Stück Frau du. Während ich das dachte, nahm Lasslo mir den Spiegel aus der Hand, ungläubig beobachtete Franka Grundig die Szene.

»Entschuldigen Sie«, hustete ich.

»Sind Sie Franka Grundig?«, fragte Lasslo.

»Das sieht man doch«, würgte ich ihn ab.

Sie nickte trotzdem. Irgendwie apathisch wiegte ihr Kopf vor und zurück, blieb nicht mehr still.

»Frau Grundig, wenn es für Sie in Ordnung ist, würden wir Ihnen gern ein paar Fragen stellen.«

Ihr Kopf wiegte weiter. Galt das Wiegen noch dem ersten Ja? Es kam kein Protest.

»Können Sie sich vorstellen, wer das getan haben könnte?«

Wiegender Kopf. Ja. Das macht nicht so richtig Sinn. Plötzlich setzte Lasslo sich zu ihr auf die Bettkante. Ihr Kopf erstarrte, sie sahen sich an, er lächelte. Legte eine Hand vorsichtig auf ihren Arm. Etwas löste sich in ihr. Sie weinte stumm, ich weiß nicht wie lange. Sie saßen einfach da.

Ihre Tränen tropften auf sein Hemd, sie sahen aus wie ein Paar.

»Es war furchtbar«, presste sie plötzlich hervor und sah Lasslo an. Ich schien für sie nicht da zu sein. Das war nicht wichtig. Lasslo strich ihr über die Haare. Aus welchem Lehrbuch hatte er so viel Einfühlungsvermögen gelernt?

Mister Streng-nach-Vorschrift auf neuen Pfaden. Erfolgreichen Pfaden, denn ihre Lippen bildeten die Worte:

»Das war Mohamad. Da bin ich sicher. Er muss es gewesen sein.«

*

Ein Zeichen gesetzt habe ich. Ha! So schnell macht mir das keiner nach. Alles richtig.

Nur warum verfolgen mich diese Augen? Diese aufgerissenen grünen Augen, die mich einen Moment lang denken ließen, ich stehe in einem Frühlingswald. Bis sie die Waffe sahen. Bis sie begriff.

Warum verfolgt mich der Schuss, wo es doch so einfach war, so richtig, so zwingend nötig. War es das?

Warum träume ich von ihrer Hirnmasse, wie sie hinter ihr an die Wand klatscht. PATSCH. Warum?

Ich sah auf das Foto. Eine Kopie hatte ich behalten. Sah ihr Gesicht, das keins mehr war. Ihre Haare, die in der Blutsuppe klebten.

Du narzisstisches Dreckstück hast es doch nicht anders verdient, so gewollt, Hure, Nutte, Verräterin. Ich suchte nach einem Schimpfwort nur für sie, das keine Menschengruppe beleidigt. Die armen Nutten mit ihr gleichzusetzen, das hatten sie nicht verdient. Dreckstück. Dreck war wertvoller als du. Einst warst du wertvoll. Du bist schuld, dass dein Blut und dein Hirn jetzt auf ewig in diesem Teppich kleben werden. Selbst schuld.

Nur warum verfolgt es mich?

*

Am Abend des 5. Januar 2011 klingelte das Telefon im Haus von Sayed Bilal im ägyptischen Alexandria. Gut gelaunt drückte er seiner schwangeren Frau einen Kuss auf die Wange, bevor er den Hörer abnahm. Eine fremde Stimme stellte sich vor, Polizeikommissariat von Al-Raml: »Kommen Sie heute um 22 Uhr ins Kommissariat. Es geht um einen Fall, in den Sie verwickelt sind. Ach, und bringen Sie sich eine Decke mit, Sie könnten sie brauchen.«

»Was ist? Wer war das?«, fragte seine Frau

besorgt, als Sayed Bilal bei der Anweisung alle Gesichtszüge entglitten waren. Er hatte nichts gemacht. Also, was hatte er zu befürchten? Trotzdem. In diesem Land wollte niemand gern von der Polizei vorgeladen werden. Auch er nicht. Dennoch setzte er sich am späten Abend in ein Taxi, verabschiedete sich mit beruhigenden Worten von seiner Frau, ihrem Bauch und versuchte ein Lächeln.

Die ägyptische Januarnacht war kühl, er zog seine Decke enger um den Körper und suchte in seinen Erinnerungen nach einer Begegnung, die zu der Vorladung geführt haben könnte. Hatte er mit jemandem gesprochen, mit dem er besser nicht hätte sprechen sollen? War er mit einem Aufrührer gesehen worden, von dem er nicht gewusst hatte, dass es einer gewesen war?

Die Ankunft am Kommissariat unterbrach seine Überlegungen. Über der Tür hing eine schwache Lampe. Im Halbdunkel suchte er passend die Scheine zusammen, bezahlte den Fahrer und trat in die Nacht. Er konnte sich nicht vorstellen, was er als einfacher Bürger mit Arbeit, ohne Vorstrafen hier zu suchen hatte, ging aber dennoch hinein.

Sayed Bilal war ein unbescholtener Mann. Das heißt aber auch, niemand stand hinter ihm. Keine Partei, keine Journalisten, keine Protestbewegung. Er war einfach Sayed Bilal. Und das war gefährlich, denn so stellte er ein leichtes Opfer für die Polizei dar.

Als er das Gebäude betrat, sich vorstellte und setzte, wurde er sofort in einen Verhörraum geführt.

Sayed ist ruhig. Das Verhör beginnt mit den üblichen Fragen nach den Personalien. Er zeigt seinen Pass, fängt an, von seiner Frau zu erzählen. Eine erhobene Hand lässt ihn verstummen.

Es wird geschrieben, zwei Männer stehen an der Wand und starren ihn an. Seine Hände liegen vor ihm auf dem Tisch, die Finger ausgestreckt. Der schreibende Polizist sieht ihm jetzt direkt in die Augen, er wagt es nicht mehr, auch nur ein einziges Wort zu sagen. Nicht die Frage zu stellen, die ihm auf den Lippen brennt: Warum bin ich eigentlich hier?

Der Polizist legt seinen Stift weg und steht auf. Im gleichen Moment kommen die beiden in Zivil gekleideten Männer auf Sayed zu, greifen ihm unter die Arme und ziehen ihn vom Stuhl. Er wird in einen anderen Raum gebracht. Treppen hinab, ein Raum ohne Fenster. Ein Keller. Die schallisolierten Wände verraten Sayed, in welcher Art Raum er sich befindet. Er weiß, hier wird gefoltert. Er weiß, niemand würde ihn hören können.

Er weiß nicht, warum.

Er hatte nichts getan, weswegen man ihn hätte misshandeln können. Noch vor einer Stunde hatte er seiner Frau über den Bauch gestreichelt, nicht den geringsten Zweifel an sich oder seinen Taten gehabt. Doch plötzlich füllte sich sein Hirn mit Fragen. Mit Angst.

»Wo warst du vergangenen Samstag, Mitternacht?«

»Zu Hause. Zu Hause im Bett.«

Unnatürlich laut schallte die erste Ohrfeige durch den Kellerraum. Hallte in seinem Kopf wider.

Die Frage wurde wiederholt. Vollkommen ruhig, als sei sie noch nie gestellt worden. Sayed antwortete das Gleiche, die Reaktion war dieselbe.

Gesehen worden sei er, in der Nähe der Kirche der beiden Heiligen. In der verhängnisvollen Nacht, am 31. Dezember 2010. Er hatte von dieser Nacht natürlich gehört. Jeder im Land und überall in der Welt hatte von dieser Nacht gehört, in der sich ein Mann vor dem Gebäude in die Luft gejagt hatte, 23 Menschen mit sich in den Tod riss. 90 Verletzte, ein Blutbad, welches Sayed aus dem Fernsehen kannte. Wie der Rest der Welt. Aus dem Fernsehen.

»Als gläubiger Muslim töte ich keine Menschen.«

Es scheint, als wissen beide Seiten, dass Sayed in dieser Nacht tatsächlich in seinem Bett lag. Dennoch fängt mit dieser Antwort die Folter an.

Er fällt vom Stuhl, als einer der Männer, die bis eben reglos an einer der Wände gestanden hatten, ihm in den Magen tritt. Er hört fragende Worte, er röchelt.

Ein weiterer Tritt, und noch einer, immer wieder, plötzlich hört es auf. Er wird auf die Beine gezogen. »Stehen bleiben!« Das ist ein Befehl.

»Du bist gesehen worden. Außerdem wissen wir, dass du einer von denen bist.«

»Von wem?«

»Ein Salafist.«

»Ich bin ein Salafist. Aber kein Terrorist.«

»Radikale Salafisten! Jetzt lüg nicht auch noch, du hättest noch nie vom Dschihad gehört.«

»Dschihad, natürlich, das steht doch im Koran.«

»Terrorist. Kämpfst im Namen des Dschihad. Du bist gesehen worden.«

»Nein. Der Dschihad bedeutet Anstrengung, nicht Krieg. Allah sagt, jeder Muslim soll einen Dschihad kämpfen, das heißt, an sich selbst arbeiten und sich gegen die Anziehungskraft des Bösen stellen. Im Glauben an Gott, durch das strenge Einhalten der Gebote und der Säulen des Islam, nicht durch Krieg!«

»Erkläre mir nicht, was Dschihad bedeutet!« Der Stoß mit dem Knie gegen seinen Oberschenkel kam so plötzlich, dass Sayed ins Straucheln geriet und zu Boden fiel. Still ertrug er die Tritte gegen seine Beine, stemmte sich gegen den Schmerz, betete innerlich zu Allah und gab sich in Gottes Hand.

»Ihr Salafisten nehmt doch jedes Wort im Koran buchstabengenau. Und Dschihad kann man eben auch als Krieg auffassen. Sprich!«

»Nein. Wenn man sich genau an den Koran hält, eben nicht. Muslime dürfen nicht töten. Niemandem Gewalt antun. Ja, ich bin Salafist. Aber kein Terrorist! Ich halte mich sehr genau und streng an die Worte im Koran, aber ich kann und werde als Muslim niemals jemanden töten!«

Er wusste nicht, woher er die Luft für all die Worte nahm. Er musste sich verteidigen. Er war doch unschuldig!

Doch als die Tritte nicht aufhörten, dämmerte ihm, dass es darauf nicht ankam. Die Polizisten müssen ein Geständnis erzwingen, sie haben keinen Verdächtigen, er, der Salafist, der Angehörige einer Minderheit, ohne Partei, Medien und Gruppierung im Rücken musste nun herhalten.

Wenn es keinen Täter gab, musste eben einer erfunden werden.

Er wurde auf die Füße gezogen. Vor ihm stand

ein Mann, der ihm bisher noch nicht aufgefallen war. Seine Beine brannten. Er konnte nichts mehr sagen. Wollte nichts mehr fühlen.

Er sah einen Blitz.

»Gibst du zu, in der Nacht in der Nähe der Kirche gewesen zu sein?« Die Stimme klang dunkel, wie die des Satans.

Er schüttelte den Kopf. Dann spürte er den Blitz an seinem Hals, sein Körper zuckte, verbrannte von innen, so fühlte es sich an. Er sackte zusammen.

Als er wieder zu Bewusstsein kam, war er nackt.

Er lag auf einem Tisch, an Händen und Füßen gefesselt. Dunkelheit.

»Wo warst du in der Nacht letzten Samstag? In der Nähe der Kirche?«

Sayed gestand nichts. Er hatte nichts zu gestehen. Sagte einfach nichts.

Er legte sein Leben in Allahs Hand. Wenn Gott ihn durch diese Prüfung zu sich holen wollte, welche Kraft hätte er dagegen aufwenden können? Gottes Wille entscheidet. Er ließ das Martyrium über sich ergehen, ohne ein weiteres Wort.

Immer wieder hielten sie ihm den Elektroschocker an die Fußsohlen, er ertrug den Schmerz.

Die nächste Stufe der Folter wurde erreicht, als sie ihm den Blitz an die Hoden hielten.

Niemals würde er beschreiben können, welcher Schmerz ihn in diesem Moment durchfuhr. Immer wieder verlor er das Bewusstsein, immer weiter gingen die Schmerzen.

Er hatte jedes Zeitgefühl verloren. Wusste nicht, ob er bald tot oder nur furchtbar müde war. Spürte nicht, ob seine Beine noch lebten oder nur noch an ihm hingen. Er wollte einschlafen. Nur einschlafen. Ruhe. Stille. Schmerzfreiheit.

Plötzlich sah er einen Mann mit einem Hammer. Einem Nagel. Einem Grinsen.

Grinste der wirklich, verdammt? Grinst der?

Er sah, wie der Mann den Nagel auf seinen Fingernagel hielt. Grinste. Er hörte eine Frage. Die immer gleiche Frage. Er hörte sich brüllen, dann fiel der Hammer.

Der Nagel durchbohrte seinen Finger vollständig. Schrie er?

Er nahm sich selbst nur noch durch einen dicken, wabernden Nebel wahr. Dann blitzte ein zweiter Nagel vor seinem Gesicht. Er machte sich nicht mehr die Mühe zu brüllen.

Als er wieder zu sich kam, waren drei seiner Finger noch immer auf den Tisch genagelt. Vor ihm ein Gesicht, von dem er nicht mehr sagen konnte, ob er es schon kannte.

»Du kannst dem allen hier ein Ende machen,

wenn du uns sagst, was du in der Nacht dort gemacht hast.«

Er sagte nichts.

»Du kannst dich wieder anziehen, wenn du dieses Geständnis hier unterschreibst.«

Ein Zettel wurde zu ihm geschoben. Schreibmaschinenschrift, Verhörprotokoll. Er musste kotzen. Hervor kam nur Blut und Galle, er kotzte auf den Boden, bittere Erleichterung mischte sich mit Tränen, er kämpfte gegen seine Stimme.

»Ich muss zur Toilette.«

»Aha.«

»Bitte.«

Ein fester Griff zwang seine Kiefer auseinander. Ein Schlauch vor dem Gesicht. Eiskaltes Wasser. Überall, er schluckte und spuckte, glaubte zu ertrinken, warf den Kopf hin und her, panisch. Spürte fast, wie Wasser in seine Luftröhre drang, schluckte, pinkelte und weinte.

Sayed Bilal starb in dieser Nacht an Herzversagen. Allah hatte ihn befreit.

*

Mohamad Hassan, 35 Jahre. Ägyptischer Staatsbürger, gemeldet in Leipzig. Das war einfach zu ermitteln. Leider war der ehemalige Angestellte von WesTex seit seiner Entlassung eine Woche vor dem Mord wie vom Erdboden verschluckt.

Kein Mann dieses Namens ist in den letzten 48 Stunden mit dem Flugzeug aus Deutschland ausgereist. Wenn er clever ist, ist er irgendwo hingefahren, nach Paris oder Amsterdam und von dort aus in sein Heimatland zurückgeflogen.

Doch irgendwie war mir das zu einfach. Der böse Moslem war es. Im Zweifel der Moslem.

In diesem Fall aber schien es einen Grund zu geben. Die Sekretärin hatte nach der Entlassung durch Hanna Stieg einen heftigen Streit zwischen den beiden mitbekommen. Völlig verändert habe sie Mohamad erlebt. Sein Gesicht war trotz seines Wutausbruchs sanfter als sonst, trauriger. Aus der Seele traurig, so hatte sie es beschrieben. Durch die Glastüren im WesTex-Gebäude war es tatsächlich möglich, dass Franka Grundig Zeit hatte, den ehemaligen Angestellten längere Zeit zu betrachten. Aber trotzdem. Ich wurde die Zweifel nicht los. Es wirkte zu einfach, genau, wie Leander Lore als Täter.

Kriminalhauptkommissar Albrecht Dück dagegen hatte den Medien bereits Ermittlungserfolge präsentiert, einen Fahndungsaufruf mit Phantombild herausgegeben, Mohamad Hassan als Täter abgestempelt. Im Zweifel der Moslem. Die Medienwelt war zufrieden.

Ich klappte meinen Notizblock zu und streckte mich auf meinem neuen Bürostuhl. Die Lehne wippte durch den Druck meines Rückens nach hinten. Ergonomisches Sitzen. Na meinetwegen. Ich glaube zwar nicht, dass ich so besser denken kann, aber vielleicht hilft der Stuhl ja à la Placebo irgendwem anders. Ich lief eher Gefahr, vor lauter Gemütlichkeit in plötzlichen Schlaf abzudriften.

Dagegen hilft, was ich am meisten hasse: Frühling. Pollen. Tränende Augen, Jucken, Jucken, Jucken, Jucken.

Der Leipziger Abend empfing mich beim Verlassen des Präsidiums lauwarm, ich glaubte, die grünen und weißen Pollen vor meinen Augen schweben zu sehen. Ich hasse euch!, dachte ich, sagte es aber nicht, nieste stattdessen.

Ich hasse vollgeschnaubte Taschentücher in meiner Handtasche, will sie einfach fallen lassen, verrottet doch, rede ich mir ein und stecke es dann doch in die Tasche, bis ich einen Mülleimer finde.

Wozu gibt es eigentlich diese verfluchten Tabletten? Unvorstellbar, dass es mir noch schlechter gehen könnte, sollte ich sie nicht nehmen. Ausprobieren will ich es dann aber doch nicht.

Die Dämmerung lag über der Stadt, noch zu hell für künstliche Beleuchtung, nicht mehr hell genug, um den Einbruch der Nacht hinauszuzögern. Unaufhaltsam wie eine Welle rollte sie über die Straßen. Hinterließ leuchtende Straßenlaternen und Kälte, mein Wagen füllte sich mit Sonnenuntergangslicht.

Die verschiedenen Lichtquellen aus beleuchteten Fenstern, umschaltenden Ampeln und Scheinwerfern mischten sich zu einem dicken Brei aus schummriger Helligkeit, die die Nacht zu verscheuchen suchte. Nie würde das gelingen. Egal, wie viele Lampen brannten, wie viele Menschen ihren Tag in die dunklen Stunden verlegten. Nacht blieb Nacht. Eine Macht, so unbesiegbar, wie nur Naturgewalten es sind.

Keine Macht ist unbesiegbar, sei sie noch so autoritär, nur die Natur kennt ihren Weg.

Die Versuche, der Natur ein Schnippchen zu schlagen, enden in Katastrophen, trotzdem versucht es der Mensch immer wieder. Macht ist eine Krankheit, das dachte ich in letzter Zeit immer häufiger. Ein ekliges Geschwür, das sich von Zelle zu Zelle durch den Körper frisst. Ich stellte mir die Zellen von Kindern hellgrün vor. Wie den Frühling. Rein und warm, in Voraussicht auf etwas Schönes, Gutes.

Bis das Geschwür ausbricht, die hellgrünen Zellen befällt und krankhaft schwarz zurück lässt. Bis der ganze Mensch innerlich schwarz ist, zerfressen vom Geschwür der Macht. Dann hat er keinen Sinn mehr für die Natur. Überhaupt für irgendetwas Schönes.

Es beginnt mit dem Versuch, die Nacht zu überlisten, über den Drang, Flussläufe zu begradigen und endet womöglich irgendwann in dem Versuch, die Sahara zu fluten.

Es würde mich nicht wundern.

Irgendwo mittendrin steckt die Macht über den Menschen. Der Mensch ist Natur. Der Mensch will Macht über die Natur. Der Mensch will Macht über den Menschen.

Ist das der Grund, warum ein Mensch einen anderen erschießt, wenn der nicht tut, was er will?

Meine Gedanken erstickten sich selbst, als ich meinen Opel in Plagwitz um die Häuserreihen herum manövrierte.

Kein Parkplatz.

Ich warte auf den Tag, an dem ich so weit entfernt parken muss, dass ich dann doch mit der Straßenbahn nach Hause fahre. Meine Nase kribbelte, Niesen, scheiß Pollen.

*

Er fragte nicht mehr, warum ausgerechnet er die Leiche wegschaffen musste. Vielleicht, weil er am wenigsten stoned war. Wahrscheinlicher ist: Er ist der Jüngste. Nicht mehr der Neue, dafür hatte er schon zu viel gesehen, aber der mit der wenigsten Erfahrung. Der Name dieses Mannes war ihm egal, Mohamad hatte man nur gesagt, er war am Selbstmordattentat in der Nacht vom 31. Dezember beteiligt gewesen. Mehr wollte er nicht wissen.

Unschuld ist so ein komisches Wort. Je mehr die Objekte unter seinen Fäusten es schrien, desto stärker verlor es für ihn an Bedeutung.

Warum waren sie dort, wenn sie angeblich unschuldig waren?

Man hatte ihm das Denken abtrainiert, mit Hasch noch die letzten Zweifel vernebelt. Er funktionierte. Also zog er die Nägel aus den Fingern der Leiche und fuhr sie vor das Krankenhaus von Alexandria. Dort zog er den Körper aus dem Kofferraum und schleifte ihn über den Sandweg. Wie einen Sack Reis. Obwohl der noch zu gebrauchen gewesen wäre.

Er erinnerte sich kaum noch daran, wie der Körper gezuckt hatte, als er ihm den Schocker an den Sack hielt. Weit weg, verschwommen, verkifft, verdrängt.

Er erinnerte sich auch nicht mehr, wann er damit angefangen hatte. Nur warum.

Studieren wollte Mohamad eigentlich. Pädagogik und Naturwissenschaften, doch von welchem Geld? Da kam das Angebot der Polizei gerade recht: Du absolvierst die Ausbildung bei uns, wir finanzieren dir hinterher dein Studium. Ihm hätte klar sein müssen, dass er nicht mehr rauskommt. Niemand wird die Polizei je wieder los, hatte sie sich einmal auf einen versteift. Auch nicht die Polizei selbst. Dabei war er kein Polizist.

Irgendwie war er Folterknecht geworden, immer mehr abgestumpft, hatte das Menschsein von sich abgeschüttelt. Seine Handlungen wurden mechanisch. Seine Erinnerungen leerten sich. Weg. Wer war er, wo kam er her? Vergessen. Er wollte es nicht wissen. Mohamad, der Leichenbeseitiger. Na ja, eigentlich sollte der hier nicht sterben. Pech.

Er nahm seine Hände von den Füßen des Körpers, schob die Beine mit seinem Fuß ein Stück zusammen und schlug dann den Kofferraum des kleinen Isuzu wieder zu.

Langsam verzog sich der Nebel hinter seinen Augen und ließ die aufgehende Sonne in sein Bewusstsein. Die ersten Strahlen kitzelten auf seiner Haut, er nahm es nicht wahr, schwang sich auf den Fahrersitz und schaltete das Radio ein. Revolution in Tunesien, immer wieder dröhnte der Ruf aus allen Kanälen. Es löste etwas in ihm aus, das er nicht verstand. Es hatte mit ihm zu tun. Revolution! Wir sind alle Essad Alschad! Nein, er war Mohamad. Der Folterknecht. Ihn ging das nichts an.

Sein Magen krampfte bei all den Worten aus dem Radio. Er schaltete es aus. Atmen. Irgendetwas in ihm schrie. Nur was? Ihm wurde schlecht.

Er warf einen Blick zurück auf die Leiche, sah am Straßenrand zwei Frauen, vermutlich Krankenschwestern, kommen und startete den Wagen. Mohamad der Folterknecht, dachte er, als müsse er sich selbst davon überzeugen, und fuhr zum Schlafen in seine Einraumwohnung in einem der ärmsten Stadtteile Alexandrias.

*

Ich liebte es, in die geschlossenen Augen meiner Tochter Helene zu sehen, während ich in ihrem Bett lag, sie schlief. Ihre Lider flackerten leicht, im Traum war sie Superman, das hatte sie mir verraten. Ich strich ihr durch die Haare, sie regte sich nicht. Schlief. Das Leben als Kommissarin ohne feste Arbeitszeiten war kein gutes, für eine Mutter. Doch ich liebte es, wie ich meine beiden Kinder Jacob und Helene liebte. Wie ihre Haut und die Haare rochen, wie die Augen leuchteten wenn ich nach Hause kam, wie ihre kleinen Arme sich um mich legten. Ich hatte gelernt, die wenigen Momente besonders intensiv zu genießen, 10 Minuten zu fühlen, als wäre es ein ganzer Tag. Momente wie dieser, die schlafende Helene in den Armen, gaben mir Kraft und Sicherheit für die schlimmsten Fälle, die es geben kann. Nichts kann so schlimm sein, dass ich irgendwann das Lachen meiner Tochter nicht mehr genießen könnte.

Vielleicht träumte sie auch von dem Bild, das wir vorhin zusammen gemalt haben, überlegte ich jetzt. Oder von der Geschichte, die ich mir beim Blick in ihre Augen ausgedacht hatte. Vielleicht.

Wahrscheinlich nicht.

Sie fliegt durch die Nacht und fängt Schurken.

So wie ich? Unwillkürlich musste ich etwas zu laut lachen, gleich darauf folgte ein Heuschnupfennieser der besonderen Art. Aber auch das brachte Helene nicht dazu, die Augen wieder aufzuschlagen.

Ich stand so leise wie möglich von ihrem Bett auf und dachte dabei, wie dämlich es ist, so leise sein zu wollen. Die Müdigkeit machte dumm. Oder übervorsichtig.

Scheiße, der nächste Nieser kündigte sich an, ich hielt mir die Nase zu und zwängte den Druck des Niesens nach innen. Nicht gesund, das ist mir klar, aber leiser.

David sah mich belustigt an, ich musste einen hochroten Kopf haben. Meine Augen tränten, ich hasse den Frühling! Die Pollen, verdammte Pollen, verdammter Heuschnupfen.

»Setze dich doch erst mal zu mir, Schatz.« Klopfen aufs Sofapolster, natürlich hatte er mir angesehen, dass ich gerade zu meckern anfangen wollte. Seine grünen Augen hafteten auf mir.

»Was machst du da?« Ich schielte auf seine Notizen.

»Pass auf, dass dein Schnodder nicht auf meine Blätter tropft.«

»Haha, sehr witzig. Das macht dir Spaß, nicht wahr? Kriegst du alles wieder.«

»Setze dich doch erst mal.« Wieder Klopfen aufs Sofapolster, begleitet vom Grinsen.

Ich griff nach einem der beiden Weingläser, die David für uns gefüllt hatte und leerte es in einem Zug. Wenn die dämlichen Medikamente nicht halfen, Alkohol schaffte es noch immer. Nachdem ich das Glas neu gefüllt hatte, hielt ich es vor David in die Höhe, um mit ihm anzustoßen. Kopfschüttelnd sah er mir in die Augen. Sie drückten in letzter Zeit immer häufiger aus: Schatz, du trinkst zu viel.

Das kann gar nicht sein, erwiderte ich mit meinen Augen. Wann sollte ich denn trinken, etwa am Tatort?

Das Thema fiel unausgesprochen unter den Tisch, wie jedes Mal. Ich leerte mein zweites Glas und betrachtete dann meine Nägel. Abgeplatzter Lack, es kribbelte mir in den Fingern, aber David fing an zu sprechen. Den Rücken durchgestreckt, in der Hand sein Glas, sein Blick ins Leere.

»Schau mal, Charly. Die Fotos.« Ich erkannte es sofort, schob die Bilder weg.

»Ich habe heute früh schon eine Leiche gesehen, ich hab jetzt genug. Kommst du mit ins Bett?«

»Neuer Fall?«

»Neuer Fall.«

»Hm.«

»Kommst du mit?«

Sein Glas fand in seiner Hand den Weg zur Tischplatte, ein leises Klack, dann stand es.

»Hm.«

Er war ins Bad gegangen, sein Glas unberührt. Ich hörte das Wasser rauschen und lehnte mich auf dem Sofa zurück. Auf der Tischplatte lagen seine Fotos, offenbar recherchierte er an einer neuen Story. Ich setzte mich auf, schob sie auseinander und sah Waffen, Notizen und las.

»Ganz offensichtlich wird in der arabischen Region gerade mit europäischen, illegal gehandelten Waffen getötet«, stand über dem ersten Bild zweier Maschinengewehre.

»Die syrische Polizei und das Militär haben deutsche Nachtsichtkameras, Handgranaten und Pistolen. Es gibt aber keinen offiziellen Waffendeal dafür. Das stinkt nach Korruption und illegalem Waffenhandel.« Von diesem Satz waren überflüssigerweise Linien von den Bezeichnungen zu ihren Abbildungen gezogen. Illegaler Waffenhandel?

Ich glaubte mich zu erinnern, dass es gegen die arabische Region ein Waffenembargo gibt. Die Machthaber beantworten Freiheitsbestrebungen ihres Volkes blutig, mit deutschen Waffen. Und die Dealer sitzen in ihren Villen und lachen sich ins Fäustchen, dass ein Mubarak und ein Gaddafi die Freiheitsbestrebungen ihres Volkes blutig beantworten können. Und nun dieser Tyrann Assad, der nach zwei Jahren immer noch auf sein Volk schießt. Das kann doch so unbemerkt gar nicht sein. Irgendwo müssen die Waffen doch herkommen.

Ein Dealer klaut doch keine tausend Maschinengewehre in der Kaserne nebenan und verschifft sie dann nach Ägypten. Ich dachte an mafiöse Strukturen, Schwarzgeld und die Regierung. Unsere Regierung hält nichts von Menschenrechten. Das beweist sie oft genug. Die Bilder der winkenden Kanzlerin, des Verteidigungsministers und all der Fratzen wirbelten vor meinen Augen.

Ich fragte mich, was hinter ihren Stirnen vorging, und schüttelte mich.

Jetzt kippte ich mir den Wein in einem Schwung in den Mund, spürte wie meine Wangen glühten, vor innerer Anspannung, Zittern der Finger.

Ich schob die Fotos der Gewehre weg, wollte alles wegschieben, doch da schob sich das Foto eines Massenkindergrabs unter meine Augen. Alle Gesichter, die zu sehen waren, sahen aus, wie das von Helene, schlafend. Viele Körper waren von Blut und Dreck bedeckt. Verstümmelt, misshandelt. Mit europäischen Waffen. Ich schloss die Augen, versuchte Helenes Gesicht aus diesem Elend zu vertreiben. Es ging nicht.

Welche Verbrechen haben diese Kinder begangen? Ich hielt es nicht aus, blätterte zwanghaft weiter in den Bildern, das Foto einer blutüberströmten Frau, zwischen vielen Beinen am Boden liegend, war nun zwischen meinen Fingern. Allahu akbar steht auf ihrem Shirt. Gott ist groß.

Erschossen von der ägyptischen Polizei, daran ließen die klagenden Menschen im Hintergrund keinen Zweifel. Weil sie die gleichen Rechte für Frauen forderte, wie sie für Männer gelten. Weil sie ein Mensch sein wollte.

Menschen sterben dort, weil man sich hier am Leid anderer bereichert.

Wieder sah ich das Gesicht meiner Tochter auf diesen geschundenen Kinderkörpern. Ich schluckte. Wie ein Klumpen verklebter Haare fiel es in die alkoholisierte Magensäure. Die Leiche, die noch vor Kurzem meine Gedanken dominierte, schien weit in den Hintergrund gerückt, nichtig neben diesen Leichen. Hier stirbt eine, dort sterben Hunderte. Hier ermittelt Polizei und Staatsanwaltschaft, die Presse walzt die Leiche aus, dort wird einfach weiter geschossen. Mit illegalen Waffen. Ich ertrug das nicht mehr. Diese Bilder.

*

Warum die Leiche von Sayed Bilal nicht obduziert werden sollte, wurde der Familie nicht gesagt. Der von Hämatomen übersähte Körper musste unter die Erde, so schnell wie möglich. Noch am selben Tag. Auf keinen Fall sollte die Beerdigung am Freitag, dem Tag des großen Gebetes, stattfinden. Bis Samstag wollte man erst recht nicht warten. Weg mit dem Beweis.

Sayed Bilals schwangere Frau konnte nicht mehr protestieren. Kraft war etwas, das ihr Körper nicht zu kennen schien. Verzweiflung hatte die Stelle ihres Blutes im Kreislauf ihres Systems eingenommen. Vollkommen erfüllt von Gefühllosigkeit, Lähmung.

Nur ihre Gedanken weinten. Ihr Bewusstsein, getrennt von ihrer Physis. Unkontrollierbar.

Woher Sayed Bilals Mutter die Kraft zum Protest nahm, wollte ihr Geist nicht begreifen. Sie liebte ihre Schwiegermutter dafür.

Aufklärung forderte sie. Eine Drohung war die Antwort.

Sayed Bilals Bruder Ibrahim saß im selben Keller, in dem die Nacht davor Sayed gestorben war. Ganz schnell gehe es, wurde der Mutter mitgeteilt, dass es Ibrahim ähnlich ergehe.

Sayed Bilal wurde kurz vor Mitternacht beerdigt. Oder verscharrt, passt besser. Auf dem weißen Stein stand sein Name, und ein Datum: 6. Januar 2011.

Man sah in dieser Nacht eine schwangere Frau bewegungslos auf dem Sand hocken. Die Finger eingegraben, die nackten Füße taub, wegen der kühlen Luft im nächtlichen Alexandria. Ihr Tshador, schwarz und konturlos, löste ihre Umrisse vor dem nächtlichen Hintergrund fast völlig auf, nur die nackten Füße leuchteten im Schein des Mondes.

Sie saß dort, nahm durch die Erde ihren Mann in sich auf und betete still zu Allah. Ohne ein Wort, die Augen fest auf seinem Namen auf dem Stein.

Irgendwann trug der Wind den Namen an ihr

Ohr. Um sie her war es plötzlich hell, die Sonne hatte bereits ihre Fußsohlen verbrannt, schmerzende Blasen bildeten sich, sie war versunken bei ihrem Mann. Hatte die Welt vergessen. Jetzt hörte sie Stimmen. Immer lauter werdende Stimmen.

Allahu akbar. Gott ist groß. Und immer wieder der Name eines Toten, Sayed Bilal. Wir sind alle Sayed Bilal.

Ein kleiner Protest, ein erster Anfang. Kein Ende ihrer Trauer. Kein Ende der Polizeiwillkür.

*

Vor dem Tor der Schule stand Mario Lasslo und drehte sich eine Zigarette. Sein weißes Poloshirt schien in der Frühlingssonne zu leuchten, es schrie mich an: Ich war vor dir hier. Hinter den dunklen Gläsern konnte ich nicht sehen, ob er mich angrinste oder nur vor Konzentration die Mundwinkel verzog. Ich habe ihn vorher noch nie eine Zigarette drehen sehen. Nur schnorren.

Als ich ein kribbelndes Niesen hören ließ, sah er auf. Jacob war mit seinen Gedanken schon auf dem Schulhof und zuckte zusammen, sah den fremden Mann an und blickte dann wieder gelangweilt vor sich hin. Ich wollte ihm einen Abschiedskuss geben, er sah mich verständnislos an.

Seine Hand erhob sich zum Gruß. Zehn Jahre, und schon kriege ich keine Küsse mehr. Weg war er.

»Na, der ist ja zutraulich.« Selbst durch die dunklen Brillengläser lachte der Schalk aus seinen Augen.

»Er ist ja auch kein Hund.«

Durch die Zähne gezogenes Lachen.

»Warum erwartest du mich hier? Hast du mich vermisst?«

»Unheimlich.«

»Nun, da bin ich. Anfassen ist nicht.«

»Wollen wir über die blonde Leiche sprechen?«

»Interessantes Flirtthema.«

Wir saßen bereits in meinem Opel, unaufgefordert hatte Lasslo sich die Schuhe vor dem Einsteigen abgeklopft. Meinen anerkennenden Blick schüttelte er verlegen ab.

»Ich habe gehört, man kann mit Frauen am besten flirten, indem man sie beeindruckt. Also: Ich habe in der letzten Nacht den Ordner durchgesehen, in dem die Ergebnisse der Bewerbungsgespräche protokolliert wurden.«

Sein Gesicht trug nun wieder den Lehrbuchausdruck, zwischen den Fingern steckte die fertige Zigarette. Mir war es völlig unverständlich, wie man ohne zu gestikulieren reden konnte. Er schaffte es, zur Salzsäule erstarrt.

»Ich habe eine Liste aller Personen erstellt, die seit der Ausschreibung im Büro der WesTex gewesen sind. Also seit einer Woche.«

»Und die ist wo?«

»Auf meinem Schreibtisch natürlich.«

»Gut, na dann hat ja jemand jetzt genug damit zu tun, die alle mal abzuklappern.«

Ich startete den Wagen und fuhr falsch herum aus der Einbahnstraße, ignorierte den bohrenden Blick neben mir und bog auf die Karl-Heine-Straße.

»Dafür haben wir doch Kollegen, Mario. Wir müssen nicht alles selbst machen.« Ich versuchte freundlich zu lächeln, wusste aber, dass er meinen Worten misstraute. Seine Sonnenbrille schien in seiner Gel-Frisur festzukleben, trotz des Nickens bewegte sie sich keinen Zentimeter.

»Okay, dann sagst du mir einfach, wem ich die Liste geben soll. Dann hab ich noch Mohamad Hassan ein wenig gegoogelt.«

»Gegoogelt?«

»Gegoogelt. Weißt du, Google ist eine Internetsuchmaschine, mit ...«

»Mach dich nicht lustig, über die Mutter hinterm Steuer.«

»Du hasts provoziert. Nun gut. Also gegoogelt. Da bin ich auf etwas Merkwürdiges gestoßen.«

»Sag es endlich.«

»Mohamad Hassan scheint in den inneren Kreisen der ägyptischen Polizei so eine Art Dienstgrad zu sein.«

»Kein Name?«

»Es war der Name eines berüchtigten Folterknechts. Niemand wusste, wie er aussieht, alle kannten nur den Namen. Man musste den Festgenommenen nur den Namen nennen, um ein Geständnis zu erzwingen. Hat natürlich nicht immer geklappt. Als der echte Mohamad Hassan schließlich starb, hat man seinem Nachfolger einfach seinen Namen gegeben. Und immer so weiter.«

»Na schön, aber dieser Mohamad Hassan war sicher nicht der einzige Mohamad Hassan in Ägypten. Oder hat Mubarak sich den Namen schützen lassen?«

»Sicher nicht. Denn auch jetzt noch, zwei Jahre nach dem Sturz von Mubarak, wird das so gemacht. Wer Folterknecht wird, bekommt den Namen seines Vorgängers. Und seinen Pass, mit angepasstem Geburtsdatum.«

»So etwas findet man alles bei Google?« Grinsen. Aufsetzen der Sonnenbrille.

»Ich schon.«

»Das ändert aber nichts an dem Problem, dass es sicher nicht der einzige Mohamad Hassan ist.«

»Würdest du deinen Sohn Adolf nennen?«

»Ein kühner Vergleich, Mario.«

»Vom Prinzip her aber ähnlich, nicht?«

»Ich würde mein Kind nicht Adolf nennen. Aber noch etwas, warum heißt ein Folterknecht, ausgerechnet wie der Prophet, Mohamad? Das ist doch irgendwie, ich weiß nicht ...«

»Der Prophet heißt Mohammed. Im Arabischen Muhammad. Das ist ein anderer Name. Außerdem hat sich ja niemand ausgesucht, dass der gefürchtete Folterknecht Mohamad heißen soll. Der hieß eben so.«

»Na gut, ich glaube trotzdem nicht, dass es in ganz Ägypten nur einen einzigen Mohamad Hassan geben soll. Hast du auch gegoogelt, wo der jetzt ist?«

»Ich glaube tatsächlich, dass Google besser weiß als die Polizei, wo sich die Menschen gerade herumtreiben. Aber diese Infos kosten Geld.« Auch ohne Augenzwinkern sah ich ein solches hinter dieser Aussage. Ich bog auf meinen angestammten Parkplatz vor dem Präsidium ein und genoss Lasslos überraschten Blick.

»Ja, wir sind da«, beendete ich seine Überlegungen.

»Das ging ja schnell. Ich hab nämlich noch etwas.«

»Meine Güte, hast du auch geschlafen?«

»Nein, hä? Muss man so etwas? Natürlich hab ich auch geschlafen.«

»Muttis können eben nicht anders.«

Er öffnete die Tür und schob sich aus dem Wagen. Ich tat es ihm gleich, legte meine Arme auf dem Autodach ab, das Kinn darauf und sah ihn an. »Siehst aber müde aus.«

»Ich ersetze zwei Beamte, ich hab eben viel zu tun.« Ich konnte nicht sagen, ob er das ernst meinte, oder ob es einer seiner Späße war. Er blickte auf seine Füße, glaube ich, denn den Punkt, den er anstarrte, konnte ich von meinem Standpunkt aus nicht sehen.

»Weißt du, Mario, was ich bis hierhin schon gelernt habe?«

»Nee?«

»Viel hilft viel ist nicht immer der richtige Weg. Setz dich nicht so unter Druck. Du musst dich nicht mehr beweisen, du bist doch schon hier.«

»Ich will nichts beweisen. Ich will wissen, wer der Mörder war. Wer eine Unschuldige so brutal hinrichtet.«

»Hast du schon mal daran gedacht, dass sie vielleicht gar nicht so unschuldig ist?«

»Die hat sich bestimmt nicht selbst erschossen.«

»Es gibt auch Dinge, die man nicht aus dem Lehrbuch lernt, Mario. Wer so brutal und gezielt hingerichtet wird, hat in den meisten Fällen selbst einen Anteil daran.«

»Und welchen bitte? Was soll eine hübsche blonde Frau anstellen, um jemanden so wütend zu machen?«

»Das gilt es herauszufinden. Und lass dich bloß nicht von ihrem Aussehen blenden. Im doppelten Sinn. Es ist sicher kein Zufall, dass gerade sie eine derart repräsentative Funktion bei WesTex innehatte.«

»Hm.«

»Genau! Und jetzt sag mir, was du gestern Nacht im Traum noch rausgefunden hast?«

»Ich habe noch mal Leander Lores Geschichte durchgespielt. Und bei Thomas Haffner angerufen, wegen des Todeszeitpunktes.«

»Toll.«

»Was ist toll?«

»Des, du rettest den aussterbenden Genitiv.«

»Den? Ich mach weiter, ja? Also, das kann die Gerichtsmedizin noch nicht genau sagen, im Lauf des Tages sollten wir aber einen Bericht bekommen.«

»Okay.«

»Ich glaube aber nicht, dass Leander Lore lügt.«

»Was überzeugt dich davon?«

»Ich weiß nicht. So ein Gefühl. Kommt Claudia heute eigentlich wieder?«

Ich nahm meine Arme vom Autodach und schloss meinen Opel ab. Lasslo war schon auf dem Weg die Stufen hinauf. Sah dabei aber in meine Richtung.

»Nein, Mario. Wir sind hier nicht im ›Tatort‹, wir müssen uns an Regeln halten.«

*

Der Tod von Essad Alschad hatte etwas bewegt, was er selbst wohl nie für möglich gehalten hatte. Menschen, die so verzweifelt waren wie er, sind auf die tunesischen Straßen gegangen, haben ihre Maulkörbe abgeworfen und ihre Stimmen zu einem unüberhörbaren Schrei vereint. Einem Schrei nach Menschlichkeit, Chancengleichheit, dem Ende der Unterdrückung, dem Ende von Ben Ali. Der Diktator saß in seinem palastähnlichen Haus, zog vorsichtig die Ohropax aus den Ohren und schien zum ersten Mal zu verstehen, was sein Volk wollte. Ihn jedenfalls nicht.

Dieser verfluchte Alschad!, dachte er, immer wieder und wieder. Er träumte von der weißen Mumie in ihrem Krankenhausbett, sah sich auf den Pressebildern neben ihm stehen und verfluchte den, der ihm mit seinem Selbstmord alles genommen hatte. Das schlimmste, was ein Muslim tun kann, ist sich selbst zu töten, wieder und wieder muss er nach dem Tod seinen Tod in der Hölle durchleben. Die Strafe schreckte ihn nicht ab, diesen arbeitslosen Obstkarrendieb. Die schlimmste Form des Selbsttötens hatte er gewählt, die Qual des Feuertodes würde ihn bis ans Ende aller Tage verfolgen, oder hatte Allah ihn erlöst? Die Menschen dort draußen hatten ihn zum Märtyrer gemacht, er selbst war plötzlich der Feind. Feind im eigenen Land. Ben Ali hörte die Rufe, Forderungen, sah sein Ende kommen. Sich hängen. Sie würden ihn lynchen. Sie würden ihn nicht kriegen. Sollen sie das Land doch kaputt spielen, dachte der Machthaber in seinen letzten Stunden auf tunesischem Boden.

*

Umzug von Alexandria nach Kairo. Dort gab es Arbeit für ihn, wurde Mohamad gesagt. Ihm war es egal, in welchem Keller er folterte. Er foltert auch in Gefängnissen, wenn man es ihm befiehlt. Seine Entscheidungen waren schon lange nicht mehr die seinen. Also hing er ein dickes Schloss vor die Tür seiner kleinen Wohnung, schulterte seinen Rucksack und lief durch den Trubel Alexandrias zum Busbahnhof. Spannung lag in der Luft an diesem 14. Januar 2011.

Selbst er, der ohrenverschließende Mohamad, hatte davon gehört. Vom Sturz Ben Alis. Der Tod des lebensmüden Selbstverbrenners hatte einen

Proteststurm losgetreten, der Mohamad innerlich aufwühlte. Er spürte, dass in ihm etwas falsch war. Dass Mohamad falsch war. Er konnte aber nicht spüren, in welcher Hinsicht. Was war falsch? Irgendwas.

Tunesien hatte seinen Diktator gestürzt, zitterte jetzt etwa auch Mubarak? Er verbot sich, über solche Dinge nachzudenken. Sie gingen ihn nichts an. Er hatte zu tun, was man ihm sagte, also ging er zum Busbahnhof. Mit festen Schritten, durch die flimmernde Luft, angefüllt mit Staub und Hitze. Seine Lungen füllten sich mit dieser Mischung, trockneten langsam vor sich hin. Warum war es im Januar schon so heiß? Er sah sich um, sah Menschen in Jacken, mit langen Hosen. Dort drüben lief sogar einer mit Mütze. War er etwa der einzige, der quälend schwitzte?

Am Busbahnhof sah er schon einige seiner Kollegen. In Zivil gekleidete Männer, schwarze Sonnenbrillen im Gesicht, sodass sie auch wirklich jeder erkennen konnte. Er stellte sich dazu, grußlos. Abwartend. Von innen heraus schwitzend.

War das Angst? Ein Folterknecht hatte keine Angst!

Nein, ein Folterknecht nicht, aber ein Mensch. War er denn noch ein Mensch? War er Mohamad? Zweifel.

Im Bus sah er der Landschaft beim Vorüberziehen zu, versuchte, an nichts zu denken, und kam doch nicht heraus aus der Spirale. Eine junge Muslima ging mit einem Tablett durch den Mittelgang und bot dezent lächelnd gekühlte Getränke. Mohamad verspürte weder Hunger noch Durst. Er schwitzte einfach weiter vor sich hin.

Erst als sie nach drei Stunden die Stadtgrenze Kairos erreichten, fing er plötzlich an zu frieren. Spürte, wie das T-Shirt am Rücken festklebte, der Schweiß trocknete und sich dabei immer weiter abkühlte. Bis der Bus am Eingang der Polizeiakademie im Stadtteil Shubra Al Khaymah hielt, hatte Mohamad bereits zu zittern angefangen.

An den Eingängen standen bebrillte Uniformierte, zuckten nicht, als er und die anderen Polizisten aus dem Bus an ihnen vorbei geführt wurden, grüßten nur den General mit einer schnellen Bewegung der Handkante Richtung Stirn.

Dieses furchtbare Gebäude, in dem es noch immer nach verbranntem Fleisch roch, hatte sich seit Mohamads eigener Ausbildung in sein Gedächtnis gebrannt. Die zweijährige Grundausbildung war noch harmlos. Machbar. Voller Drill, Sport, Schießtraining und Erniedrigungen. Doch das war nichts gegen die dreimonatige Fortbildung. Wie es hier genannt wurde. Ein Witz war diese Bezeichnung. Ein Spott. Verhöhnung. In diesen drei Monaten waren er und die anderen zu Folterknechten ausgebildet worden. Irgendwann, ohne dass sie von dem Ziel der Fortbildung wussten, ohne dass sie darum gebeten hatten.

Es war gegen Ende der Grundausbildung. Hasch ging herum. Das erste Mal, dass der General ihnen Hasch gab. Nicht allen, nur fünf von ihnen. Sie gingen mit ihm und rauchten mit ihm und einigen Colonels Hasch, bis sie völlig zugedröhnt, mit vernebeltem Geist in ein kleineres Nebenzimmer gebracht wurden. Mohamad registrierte zunächst gar nicht, welcher Anblick sich ihm bot. Heute wusste er, dass er in diesem Moment, in dem er die Türschwelle überquerte, Mohamad wurde. Wer war er vorher? War er vorher?

In diesem Zimmer lag ein nacktes Mädchen. Mohamad kannte sie, ihr Name aber wollte ihm nicht einfallen. Nur ihr Alter, sie war gerade 18 geworden. Sie weinte. Lag auf einem Holztisch in der Mitte des Raumes, Hände und Füße gefesselt an die Tischbeine. Wie angewurzelt waren die fünf jungen Männer stehen geblieben.

»Eine unserer jüngsten Rekruten. Seit einem guten Jahr hier, sicher schon mal gesehen?« Auffordernder Blick in ihre Richtung. Der General sah über seine Brillenränder hinweg. Sie nickten, starrten auf den Körper, wie auf einen Unfall.

»Sie hat sich geweigert, die Befehle ihres Colonels zu befolgen. Das ist jetzt ihre Strafe. Jeder darf mal. Reihenfolge legt ihr selbst fest. Los Männer.«

Mit diesen Worten hatte der erste der fünf Männer bereits seine Hose geöffnet. Das Mädchen hatte nun lauter um Hilfe zu rufen begonnen, versuchte, sich zu befreien, zitterte. Tränen liefen ihr über die Wangen. Kurze Schmerzensschreie gellten durch den kleinen Raum, Mohamad merkte, wie er hart wurde. Er war als dritter dran. Da hatte das Mädchen bereits aufgehört, sich zu wehren. Wimmerte nur noch leise vor sich hin und kniff die Augen zu.

Erst am nächsten Tag kam die Scham, der Ekel und der Abscheu gegen sich selbst. Das Mädchen hatte er nach dieser Nacht nicht wieder gesehen.

An all diese Gefühle erinnerte er sich nun, als er durch die noch immer wie früher aussehenden Gänge geführt wurde. Von demselben General, der damals die Tür zu dem kleinen Raum aufgestoßen hatte, mit zwei der vier anderen Kameraden, die in dem Moment die gleichen Gedanken haben mussten.

Damals hatte sie angefangen, seine Ausbildung zum gefühllosen Folterknecht. Heute schien jedes Empfinden aus ihm geflohen zu sein. Überreizung. Zu viel Input für die Nerven, da sterben die wohl gern mal ab.

Mohamads Gedanken verstummten, als er in den Hof der Akademie trat, wo die Vormittagssonne den Appellplatz erhellte. Das Bild des Mädchens verschwand aus seinen Gedanken, zurück in die Tiefen seines Unterbewusstseins. An seine Stelle trat die heutige Realität: Fünf Männer, die in weiße Kittel gehüllt, mit verbundenen Augen vor der Schießwand standen. Erschießungskommando. Nur deswegen sind wir wohl kaum hergebracht worden, dachte Mohamad und suchte nach mehr. Der General zeigte auf mehrere Kisten, die in der Nähe des Schießstands standen.

»Waffen. Frisch aus der Europäischen Union.« Grinsen. Trotz des Waffenembargos gegen Mubaraks Regime war es keinerlei Problem, an Gewehre, Munition und sogar Raketen zu kommen. Geld kann alles.

»Die hier sind von unseren Partnern in Deutschland. Lasst sie uns direkt mal ausprobieren.« Breiteres Grinsen. Niemand fragte nach dem Grund für die Hinrichtung. Jeder nahm seine Heckler & Koch MP5 Maschinenpistole entgegen, lud die Munition, ging in Position und wartete auf den Schießbefehl. »Revoluzzer«, murmelte der General, zog seine dunkelblaue Mütze ein Stück tiefer in die Stirn und gab den Befehl.

Die Körper sackten wie Mehlsäcke zu Boden. Mohamad nahm wahr, dass sie unter den weißen Hemden nackt waren, er sah die Häftlingsnummern, die ihnen auf die Fußsohlen geschrieben worden waren, um sie auch nackt und tot einwandfrei identifizieren zu können. Und dann wurde ihm schlecht.

*

Ich genoss es, in meinem Büro einen Moment allein zu sein. Strich mit meinen Fingern über meinen Polizeiausweis und sah die blutverklebten blonden Haare vor mir. Ganz sicher gab es dort etwas. Mehr als nur einen Streit, wegen einer fristlosen Entlassung. Warum wurde Mohamad Hassan eigentlich entlassen?

Ich schlug meine Notizen auf und schrieb die Frage zusammen mit dem Namen der Sekretärin dazu. Direkt unter das eingekringelte »Todeszeitpunkt«.

Franka Grundig hatte doch etwas gesagt, worum es in dem Streit gegangen war. Vorwürfe, Korruption. Ja, Mohamad hatte Hanna Stieg Korruption unterstellt. War das der Grund der

Entlassung oder eine Behauptung im Streit? Wenn es so war, woher wusste Mohamad davon? Hing er mit drin? Oder gibt es doch einen viel einfacheren Grund?

Ein pochender Schmerz kroch in meinen Kopf. Ich strich mir über die lockigen Haare, als könnte ich den Schmerz wegwischen. Einen Kaffee. Polizeiarbeit wäre völlig unmöglich ohne Kaffee. Und seit ich von David diese Pad-Maschine bekommen hatte, musste ich auch nicht wegen jedem Tropfen in die Cafeteria rennen.

Während mein Lebenselixier in die Tasse tropfte, startete ich mein Notebook, auf dem prompt ein Kinderfoto von Jacob erschien. Ja, ein Kinderfoto. Jetzt, mit zehn, sah er so anders aus, wollte seiner Mutter noch nicht mal mehr einen Abschiedskuss vor der Schule geben. Helene dagegen hing an ihrer Mutter.

In meine Gedanken poppte der »Neue Nachrichten«-Kasten auf. Dienstliche Mails, ich bekam lieber Briefe. Die blinken nicht so penetrant an den Rändern. Aber da müsste man ja aufstehen, zur Post gehen. Das ist wohl alles zu anstrengend. Innerhalb des Präsidiums hatte sogar meine geliebte Zettelpraxis aufgehört. Noch im letzten Jahr hatte ich bei wichtigen Informationen einen Post-it auf meinem Schreibtisch gefunden. Den konnte ich so prima in meine

Notizen pappen. Nun kamen E-Mails, unter denen die automatische Signatur »Denken Sie an die Umwelt, bevor Sie diese E-Mail ausdrucken« stand und mir immerzu ein schlechtes Gewissen verursachte.

Ein Gutes hatten diese E-Mails allerdings: Sie sind verdammt schnell. Im Betreff der ersten, die von Thomas Haffner kam, stand: »Gerichtsmedizin Gutachten«. Wunderbar!

Die mehrseitige PDF-Datei öffnete sich nur stockend, hakte beim Scrollen und lud ewig die eingefügten, farbigen Leichenfotos. Oder besser, Leichenteilfotos. Auf die ich wie immer gut hätte verzichten können.

Ich versuchte, sie nicht zu sehen, als ich nach der Angabe des Todeszeitpunkts suchte. Das Wichtigste zuerst, ich hasse Zeitverschwendung.

Eintritt des Todes: zwischen vier und sechs Uhr morgens. Ich sah in meine Notizen: Um fünf Uhr war Leander Lore bei Claudia losgefahren. Das beweist der Fahrschein. Von Claudia aus Connewitz bis in die Querstraße bräuchte er mit der Bahn ungefähr eine halbe Stunde. Ein Mal umsteigen. Selbst wenn er vom Hauptbahnhof gelaufen wäre, hätte er nicht mehr als zehn Minuten gebraucht, wäre also vor sechs Uhr in Hanna Stiegs Büro gewesen. Futsch das Alibi.

Die Tote gefunden hatte die Sekretärin Franka

Grundig gegen 8.30 Uhr. Wenn der Herr Lore also keinen Nachbarn auftreibt, der ihn gesehen hat, könnte er tatsächlich der Täter sein. Mit einem dicken Kloß im Hals schrieb ich seinen Namen in Rot auf die nächste Seite. Motiv, kein Alibi. Außerdem wusste er, dass er Hanna um diese Zeit nicht mehr zu Hause finden würde. Wussten Hanna Stiegs Mitarbeiter das auch? Wusste Mohamad Hassan davon?

Wer ahnt schon, dass jemand gern ab fünf Uhr morgens im Büro sitzt. Zufall kann das jedenfalls nicht gewesen sein. Oder ist der Täter überrascht worden? Hat er Hanna Stieg woanders erschossen und dann auf den Stuhl gesetzt? Nein, die Blutspritzer sprechen absolut dagegen. Sie saß auf dem Stuhl. Im Bericht fand ich jetzt auch die Stelle, in der der Schusskanal beschrieben wurde. Aus kurzer Distanz, von schräg oben muss geschossen worden sein. Wie Haffner bereits am Tatort gesagt hatte. Also kein Zufall.

In meinen Gedanken versunken, hatte ich den Kaffee vollkommen vergessen, der bereits anfing kalt zu werden. Ich stürzte die Tasse in einem Zug hinunter, schwarz auf fast nüchternen Magen. Das würde Magengrummeln geben, wenn es denn dabei bleibt. Trotzdem stellte ich die Tasse ein zweites Mal unter die Pad-Maschine, wischte vorher die außen herabgelaufenen Tropfen mit einem meiner Taschentücher ab und wechselte das Pad.

Dieses Mal blieb ich stehen, sah dem Kaffee beim Tropfen zu und merkte, dass selbst hier im Raum meine Nase zu kratzen begann. Dabei hatte ich extra alle Pflanzen entfernt. Ich nieste in das kaffeefleckige Taschentuch, weil ich es grade in der Hand gehalten hatte. Die wunde Haut um die Nase fing an leicht zu brennen, vom Reiben oder vom Kaffee, keine Ahnung. Das einzige, was ich wusste war, ich musste ins Bad, der zum Scheitern verurteilte Versuch die Schäden des Heuschnupfens zu verstecken.

*

In Kairo pulsierte die Luft in diesen Tagen. Am morgigen 25. Januar 2011 war der »Tag der Polizei«, den das Mubarak-Regime auch in diesem Jahr gebührend begehen wollte. Ein Jubeltag für die Menschen, die erst vor Kurzem nicht nur einen Menschen zu Tode gefoltert und verscharrt haben. Eine Regime-Beweihräucherung, nachdem das Regime in Tunesien vor gerade einmal zehn Tagen untergegangen war. Kalem Ryshad war nicht der einzige junge Ägypter, dem das gerade jetzt ganz besonders sauer aufstieß.

Noch immer hatten sich die Unruhen nach

den Wahlen im November nicht gelegt. Noch immer hing der Vorwurf des Wahlbetrugs wie eine schwarze Glocke über der Regierung. Noch immer ignorierte Mubarak gekonnt alle Vorwürfe. Erstickte sie, folterte die, die sie öffentlich aussprachen. Kalem Ryshad hatte genug. Und nicht nur er. Sie konnten einzelne stoppen, aber nicht alle. Wenn die Tunesier ihren Diktator stürzen können, warum sollten nicht auch die Ägypter dazu fähig sein?

Mubarak ruhte sich aus auf dem Nimbus »Held des Oktoberkrieges« 1973 und glaubte noch immer, der Mann zu sein, der Ägypten als einziger um sämtliche Klippen herum schiffen konnte. Damit war jetzt Schluss, darin war sich eine Masse an jungen Ägyptern einig. Gebildete, arbeitslose Ägypter, die in diesem Land, wenn es so blieb, keine Zukunft hatten. In die Unterdrückung abrutschten oder zur Polizei gehen mussten. Der Fall Sayed Bilal hatte das berühmte Fass zum Überlaufen gebracht. So sehr, dass es nun sogar zu zerbersten drohte.

Das Unterdrückerregime fälschte unverblümt vor aller Augen Wahlen, völlig ohne Konsequenzen. Mubarak richtete Menschen hin, weil sie öffentlich als Regimegegner auftraten. Willkür, Unterdrückung, Korruption. Es war genug. Der alte Mann mit seinen gefärbten Haaren, der in

Saus und Braus lebte, jeden Tag eine andere junge Frau vögelte und sie ihrer Ehre beraubte, hatte ausgedient. All das Geld, das in seinen Taschen steckte, gehörte ihnen, dem Volk. Statt sich um die Wirtschaft zu bemühen und den Ärmsten der Armen mit dem Geld zu helfen, kaufte Mubarak immer neue Waffen, Raketen und Militärequipment, das er überhaupt nicht benötigte.

Der von ihm verhängte Ausnahmezustand galt nun bereits seit 40 Jahren. Ein Freifahrtschein für willkürliche Festnahmen und Versammlungsverbote. Ein Freifahrtschein, der morgen ablaufen sollte.

Kalem Ryshad klickte sich durch sein Facebook-Profil und las die neuen Posts auf der Seite: »Wir sind alle Sayed Bilal«. Tausende waren hier seit dem Tod des Unschuldigen versammelt. Tausende, die morgen am »Tag der Polizei« protestieren würden. Er fühlte sich gut bei dem Gedanken, denn auf merkwürdige Weise fühlte er sich verbunden mit dem Tod dieses Mannes. Er glaubte, ihn leibhaftig gesehen, seine verzweifelten Schreie gehört zu haben.

In seinem Hirn mischten sich willkürliche Geschehnisse zu einem Brei, nicht zu identifizieren. Wozu gehörte welche Erinnerung? Waren es überhaupt seine Erinnerungen, oder hatte er sie aus irgendwelchen Nachrichten? Dank Al Jazeera kannten die Ägypter die traurigen Bilder aus Tunesien und immer öfter auch aus ihrem eigenen Land.

Er antwortete auf den Aufruf: »Allahu akbar!« und schloss dann sein Profil. Löschte sorgfältig den Browserverlauf und die gespeicherten Cookies, bevor er sich abmeldete und dem tranig guckenden Mitarbeiter des Internetcafés eine Pfundmünze in die Hand drückte. Der begann nach ein paar Piastern zu fischen, doch Kalem Ryshad stand schon auf der Straße.

*

Ich sollte das mit dem Googeln auch mal versuchen, dachte ich und öffnete Firefox. Die Startseite war gleichzeitig meine Zielseite, ich tippte Mohamad Hassan ins Suchfeld und wartete. Nach dem Umschalten auf die Bildersuche lief mir ein Schauer über den Rücken. Bilder von Gefolterten, Waffen, Militär, ägyptischer Polizei. Schwer bewaffnete, sonnenbebrillte Männer in dunkelblauen Uniformen, die Mützen so tief in die Stirn gezogen, dass das Gesicht erst unterhalb der Nase anzufangen schien. Lasslo schien Recht zu haben.

Allerdings gab es dazwischen auch immer wieder passbildähnliche Fotos, Facebook-Profilbilder und ein Bild, von dem immer gleichen Mann. Unter diesem stand allerdings der Name Sayed Bilal. Ich klickte darauf und landete in Ägypten. Diese Schrift! Wer hat sich das nur ausgedacht. So komme ich nicht weiter. Irgendwo in der rechten oberen Ecke fand ich Hilfe. Eine kleine Großbritannien-Fahne versprach sie. Ich klickte und öffnete damit das Tor zur Welt.

Plötzlich sah ich den Namen, ein Datum und verstand den Zusammenhang. Sayed Bilal, 30 Jahre, Todestag 5. Januar 2011. Der Arabische Frühling. Ein Umbruch in der arabischen Welt des nördlichen Afrika, zu dessen Märtyrer dieser Mann geworden war. Und was hatte Mohamad Hassan damit zu tun? Warum erschien dieses Foto unter seinem Namen?

Immer stärker beschlich mich das Gefühl, in eine Sackgasse zu geraten. Diese ganze Arabischer-Frühling-Geschichte begann vor gut zwei Jahren. Aber hatte David nicht erst gestern Fotos aus Syrien studiert, wo Baschar al-Assad sein Volk abschlachten ließ? Hatte dieser Krieg nicht auch zu dieser Zeit begonnen?

Ich klickte auf das kleine rote Kreuz und blickte in Jacobs Kinderaugen auf meinem Desktop. Damit sollte sich Lasslo auseinandersetzen. Ich muss herausfinden, wer Hanna Stieg wirklich war.

Haffner, ging es mir durch den Kopf. Fast

gleichzeitig hielt ich den Telefonhörer in der Hand. Kurzwahltaste, einmaliges Freizeichen, grußlose Antwort.

»Ihr fleißigen Spurensicherer habt doch bestimmt auch sämtliche Ordner und Akten aus Hanna Stiegs Büro mitgenommen?«

»Logisch. Fotografiert hab ich sie vorher auch.«

»Schön. Aber die Originale wären mir lieber.«

»Hast du einen Staplerschein?«

»Spinnst du?«

»Also nicht. Dann musst du dich wohl herbewegen, denn das ganze Zeug will niemand mehr ohne Gabelstapler bewegen.«

Er hatte nicht übertrieben. In Thomas Haffners Büro sah es ein wenig aus wie im Bücherspeicher der Deutschen Nationalbibliothek. Ordner statt Bücher, aber die Menge stimmt.

»Das ist doch ein Scherz, oder?«

»Siehst du mich lachen? WesTex will den Krempel möglichst bald zurück, also beeil dich.«

»Ist das wirklich alles aus Stiegs Büro?«

»Joppa.«

Endlich sah er von seinen Fotos auf. Die Halbglatze, auf die ich bis eben geschaut hatte, hatte sich umgedreht und Augen, Mund und Nase bekommen.

»Dieser Fusselbart steht dir nicht.« Irgendwo musste die Wut ja raus.

»Lass deinen Stress nicht an armen alten Männern aus, Kollegin, sonst sag ich gleich mal was über deinen Bart.«

»Was du dir bei mir alles erlauben darfst, unglaublich.«

Er grinste, strich sich mit zwei Fingern in Denkerpose übers Kinn, als wolle er seinen Bart mit meinem vergleichen.

»Hat da schon mal jemand reingeschaut, oder ist das für dich so eine Art Deko?«

»Neuartige Deko.«

»Schön, dann dekoriere ich dein Büro jetzt mal ein wenig um.«

Er richtete seinen Blick wieder auf das vor ihm liegende Foto, setzte eine Brille mit aufgesetzten Lupen auf und schien augenblicklich vertieft.

»Was ist das?«, fragte ich und amüsierte mich über sein Zusammenschrecken.

»Ne Brille. Sieht man doch.«

»Mit Lupen auf den dicken Gläsern?«

»Irgendwie muss ich die Details, die jetzt dank der neuen Kamera sichtbar werden, doch genau erkennen können.«

»Schon mal was von Zoomen gehört?«

»Hast du schon mal versucht, ein Papierfoto zu zoomen, Frau Neunmalklug? Das ist aus einer der Akten da, das gibts nicht digital. Mach dich an die Arbeit.«

Ich hatte Spaß. Sah ihm noch eine Weile beim Suchen zu und ließ mich dann auf dem Besucherstuhl nieder.

Immerhin war zu hoffen, dass das, was auf den Ordnerrücken vermerkt war, auch im Ordner zu finden sein würde. Ich sortierte mir unwichtig erscheinende Themen aus und ging direkt aufs Ganze: Finanzen, Kontoumsätze, Bewerbungsgespräche, Tätigkeitsprofil Hanna Stieg sowie die aktuellsten Aufträge für das Ingenieurbüro WesTex.

Das würde Tage dauern.

»Haffner!«

»Wassn?«

»Wo finde ich hier einen Praktikanten? Oder zwei.«

*

Morgen würde das Regime den »Tag der Polizei« begehen. Mohamad hatte von den Vorbereitungen nicht viel mitbekommen. Er erinnerte sich kaum an die vergangenen zehn Tage. Kairo war für ihn eine Stadt, in der er von Bildern überwältigt wurde, die ihm nicht zu gehören schienen und dennoch aus ihm kamen. Gefühle, von denen er glaubte, sie einst gehabt, gekannt zu haben. Doch wenn er versuchte, sich zu erinnern, fielen seine Gedanken in ein schwarzes Loch. Da war nichts. Kein Fetzen Vergangenheit, nur Gegenwart. Er wusste nicht einmal mehr, ob er ein Muslim war. Woran glaubte er? Als Muslim darf man keinen Menschen töten, die Worte der letzten Leiche, schwirrten durch seinen Kopf. Was ging ihn das an?

Er konnte sich nicht einmal erinnern, was er die letzten Tage gemacht hatte. Er lebte vom Jetzt ins Morgen, verbot sich jeden Blick zurück und wusste schon im nächsten Moment nichts mehr von seinem eigenen Verbot.

Und dennoch spürte er, dass etwas anders war als die Jahre zuvor. Das Regime war nervös. Die Polizei gedanklich bereits aufgestellt. Ben Ali im Saudischen Exil hing als dunkler Schatten über allem. »Kifaya – genug« dröhnte es in seinem Kopf.

*

Ich war dermaßen vertieft in Akten, Zahlen und Aufträge, dass ich nicht merkte, wie Haffner immer wieder das Büro verließ, mir Kaffee hinstellte oder vor sich hin murmelte. Ich trank aus meiner Dauertasse den immer heißen Kaffee und schreckte erst hoch, als Haffner die Neonröhren an der Decke zum Leuchten brachte.

Dieses weiße Neonlicht verdarb mir immer wieder aufs Neue den Spaß, denn es tötete jede Illusion natürlichen Lichts.

»Mach den Scheiß aus.« Aus zusammengekniffenen Augen sah ich auf die vor Schweiß glänzende Halbglatze.

»Willst du im Dunkeln hocken?« Haffner bewegte sich nicht.

»Im Dunkeln? Wie spät ist es denn?«

»Gleich neun.« Jetzt schaute er auf und sah mich verständnislos an.

»Na prima. Hab ich im Ernst zehn Stunden hier gesessen?«

»Joppa.«

Ich blickte auf meine Hand, die drei Fineliner auf einmal hielt und damit ein halbes Notizbuch vollgeschrieben hatte. Erst jetzt spürte ich meinen verkrampften Rücken und die vom viel zu harten Sitzpolster schmerzenden Pobacken. Haffner sah amüsiert aus, als wolle er mir etwas Wichtiges sagen. Ich stand auf, streckte den Rücken durch und ließ ein Stöhnen hören.

»Willst du was Spannendes hören?« Das Kinn stützte er mit dem Handballen ab, sah mich an.

»Na raus damit, ich hatte heute noch nicht genug Input.«

»Wir haben einen interessanten Fingerabdruck gefunden. In Stiegs Büro auf der Türklinke. Und zwar innen. Dort waren jede Menge Spuren, die meisten verwischt oder überlagert. Aber ein Fingerabdruck war sehr gut erhalten, der muss der frischeste auf der Klinke sein. Und er gehört nicht zu Franka Grundig.«

»Zu wem dann?«

»Das ist deine Aufgabe.«

»Noch etwas?«

»Der Fußabdruck im Blut ist Größe 45. Man konnte sogar noch einen Teil des Logos in der Sohle erkennen, es muss ein Timberland-Schuh gewesen sein.«

»Nicht hilfreich, diese Marke gibt es ja bloß überall zu kaufen.«

»Aufgeschrieben hast du es dir trotzdem gerade.«

»Noch was?«

»Hast du den Bericht der Gerichtsmedizin ordentlich gelesen?«

»Überflogen.«

»Dachte ich mir. Lies ihn mal.«

»Verrat mir doch einfach, was du mich finden lassen willst. Es ist spät und …«

»… ich will auch nach Hause. Mal überlegen, wer will noch nach Hause? Hanna Stieg will auch … Ach nee.«

»Und gerade deswegen sollten wir hier nicht unsere Zeit verplempern, Haffner.«

»Wenn du solche Nach-Hause-Sätze äußerst, erinnerst du mich an den ruhebedürftigen Dück, nur ohne Bierbauch.«

»Danke für das Kompliment. Nun sag schon.«

»Also, an der Leiche fand sich nichts weiter. In ihrem Magen war nur Kaffee, es gab keinerlei andere Verletzungen, nicht mal ein abgebrochener Fingernagel. Auch keine Hautpartikel unter den Nägeln. Einen Kampf kann es also nicht gegeben haben. Aber, an ihrer Kleidung haben die Mediziner etwas gefunden.«

Er holte tief Luft, strich sich mit der flachen Hand über die Halbglatze und sprach weiter: »Am Jackett. In der linken Achsel fanden sich Schmauchspuren.«

»Schmauchspuren? Dann hat der Täter sie wahrscheinlich wirklich nach dem Schuss wieder gerade hingesetzt. Dabei die Schmauchspuren an seiner Hand bei ihr abgewischt.«

»Also stimmt die Vermutung unseres Neulings. Aber warum sollte er sie wieder hingesetzt haben?« Haffner schüttelte mit dem Blick auf ein Foto den Kopf. Ich konnte sehen, dass es das der sitzenden Hanna Stieg war, und ging ein Stück näher zu seinem Schreibtisch.

»Wenn Lasslo damit Recht hatte, hat er vielleicht auch mit dem Grund Recht. Vielleicht hat der Täter sie fotografiert.«

»Hatten wir so etwas schon? Ein Täter, der sein Opfer vor der Flucht fotografiert?«

»Meinst du, ich habe sämtliche Fälle im Kopf?«

»Ja.« Ernster Blick in meine Richtung. Kopfkratzen.

»Wir sollten Jonas danach fragen.« Zustimmendes Nicken.

»Wozu gibts Polizeipsychologen? Irgendeinen Grund muss es geben.«

Ich nickte langsam, hatte meine Zweifel. Was, wenn doch kein Foto gemacht wurde? Dann ginge es zumindest psychologisch mal wieder in die falsche Richtung. Und wenn doch, und die Kommissare haben es nicht versucht, ist das Geschrei hinterher wieder groß.

»Machst du das, Haffner? Ich muss mich hier noch durcharbeiten. Irgendwas stößt mir dabei auf.« Fingerzeig auf den Ordnerstapel, Haffner nickte und lachte, als ich an meiner Tasse nippte und das Gesicht verzog. Kalter Kaffee – kann es etwas Schrecklicheres geben?

*

Kalem Ryshad erwachte am Morgen des 25. Januar 2011 lange vor Sonnenaufgang. Er fühlte sich ermattet, als hätte er gerade drei Stunden hier gelegen, als hätte er gesoffen und gekifft.

Ein klebriger Belag hatte seine Zunge überzogen, seine Gedanken wirbelten durcheinander. Er erinnerte sich nicht, wann er ins Bett gegangen war. Die Sonne hatte noch geschienen, dann fallen seine Erinnerungen in ein Loch, brauchen die ganze Nacht, um wieder herauszukriechen, und setzen vor zwei Minuten wieder ein.

Sein Magen rumorte. Ausgerechnet heute konnte er nicht krank sein! Er nahm die Füße aus dem Bett. Sein Zimmer drehte sich. Er fühlte sich betrunken. Dabei trank er als Muslim niemals. Irgendetwas anderes musste der Grund sein.

Die Aufregung. Es war ihm als Kind schon so gegangen. Vor wichtigen oder aufregenden Situationen wurde er krank, ihm wurde schlecht, er bekam Durchfall oder Kopfschmerzen.

Das musste auch heute der Grund sein.

Beim Blick aus dem kleinen Fenster, das in Richtung Mekka lag, ging es ihm schon ein wenig besser. Er konnte von hier den Treffpunkt sehen.

In der Vergangenheit hatten sie immer wieder versucht, zu demonstrieren, gegen Mubarak, das Regime, die Unterdrückung. Jedes Mal hatte die Polizei die Versammlung aufgelöst, bevor sie richtig beisammen waren. Dieses Mal wird es anders. Dieses Mal sind es zu viele. An zu vielen Orten gleichzeitig, sodass sich auch die Polizei aufteilen muss, marschieren die Demonstranten-Gruppen Richtung Tahrir-Platz.

Auf dem Platz der Freiheit für die Freiheit kämpfen. Extra dafür war er aus Alexandria nach Kairo gekommen. Kalem Ryshad spürte Freude in sich aufsteigen und Stück für Stück die Übelkeit verdrängen. Er zog sich an, dachte an sein Ziel und vergaß jeden Kopfschmerz.

Viel zu zeitig stand er am Treffpunkt, nur wenige waren bis jetzt mit ihm eingetroffen. Sie sahen der Sonne über Kairo beim Aufgehen zu, genossen an der frischen Morgenluft das Lichtspiel über den Häuserdächern und taten, als stünden sie nur wegen dieses Schauspiels hier.

Um Punkt acht Uhr strömten plötzlich Hunderte von Menschen aus allen angrenzenden Gassen zu ihnen auf den Platz. Die Türen der umliegenden Häuser gingen auf, in ihren Sandsteinfarben wirkten sie wie Tomaten, auf die man mit der Faust geschlagen hatte, aus denen jetzt durch die Risse die Kerne quellen. Frauen mit und ohne Kopftuch, im Tshador oder in Jeans waren fast zahlreicher als die Männer, die zu großen Teilen Plakate in die Höhe hielten und schwarze T-Shirts mit der Aufschrift »Allahu akbar« trugen.

Auch Kalem holte nun sein Protestshirt aus dem Rucksack und zog es über. Die Menge hatte sich bereits in Bewegung gesetzt. Mit lauten Parolen und erhobenen Hauptes zog sie durch die Straße.

Zu Beginn waren sie noch nicht sehr viele. Die Polizei sah ruhig zu, riss Witze über die Minidemo, versuchte dann aber doch immer mal wieder, den Aufmarsch durch Straßensperren zu beenden. Doch es wurden immer mehr, und immer wieder gelang es der Masse, die Sperren zu durchbrechen. Aus allen Richtungen zogen mehr und mehr junge Menschen, auch ältere stießen hinzu, Menschen, die von dieser Versammlung nicht durch Facebook wussten. Sie sahen die Demonstranten an ihren Häusern vorbeiziehen und schlossen sich ihnen spontan an. Die Menschenlawine wälzte sich unaufhaltsam durch Kairos Straßen. Schwappte auf den Platz der Freiheit und begann zu vibrieren.

*

In meinem Büro saß Steffen Gansel. Der Staatsanwalt. In seinem kobaltblauen Anzug, auf dem weißen Hemd lag korrekt wie immer eine weinrote Krawatte. Ich blieb in der Tür stehen und sah ihn fragend an.

»Frau Petzold. Überrascht?«

Ohne ein Wort ging ich um meinen Tisch

herum, ließ meine Tasche und die beiden Ordner, die ich mitgenommen hatte, mit dumpfem Knall fallen.

»Ja, das ist falsch herum. Sonst belagere ich doch Sie, Herr Gansel.«

»Ganz richtig, Frau Petzold.« Was soll dieses Lächeln? Ein entschuldigendes Lächeln. »Ich wollte Ihnen mitteilen, dass Hauptkommissar Dück einen Haftbefehl gegen Mohamad Hassan beantragt hat und, dass ich ihn wohl auch ausstellen werde.«

»Aha. Und welche Beweise hat er dafür? Warum bespricht er das nicht zuerst mit dem Ermittlerteam?«

»Das fragen Sie ihn besser selbst. Und fragen Sie ihn auch gleich, wie er den Herrn am besten ausfindig machen will. Mohamad Hassan scheint nämlich gar nicht zu existieren.«

Schon hatte er sich aus dem Sessel gestemmt, versuchte seine dicker werdende Plauze mit der Anzugjacke zu verdecken, zwängte einen der Knöpfe zu, und hatte freundlich lächelnd mein Büro verlassen. Ich blieb ratlos zurück, das passte mir nicht. Gut, Dück ist der Hauptkommissar, aber er sollte seine Entscheidungen mit seinem Team absprechen, sonst kann er den nächsten Fall auch einfach direkt allein lösen. Ich weiß nicht, welches Problem ich mit diesem Haftbefehl genau hatte. Irgendwie war es doch zu einfach. Eine Entlassung, ein Streit, ein Mord.

Die Kaltblütigkeit sprach meiner Meinung nach dagegen. Vielleicht war er es. Aber vielleicht gab es auch noch einen tiefer gehenden Grund, der irgendwie mit seiner Entlassung zusammenhängen musste.

Und diesem Konto. Einem Konto auf den Cayman-Inseln. Franka Grundigs Konto. Das roch ja geradezu nach Korruption, Geldwäscherei oder Ähnlichem. Denn, dass eine Sekretärin 4,3 Millionen Euro verdient haben kann, kann ich mir so recht nicht vorstellen. Da müsste sie entweder ein absoluter Sparfuchs und mindestens 150 Jahre alt sein, oder sie hat ihre Finger in irgendwelchen Geldgeschäften. Oder jemand benutzte ihren Namen. Denn schließlich fanden sich die Kontoauszüge in einem von Hanna Stiegs Ordnern. Ich zog meinen Notizblock aus der Tasche und schrieb als Erinnerung für mich selbst: »Franka Grundig befragen!«, mitten auf die nächste leere Seite. Sie sollte doch wissen, wo dieses Geld herkommt, oder zumindest, warum ihr Name dort stand.

Denn das Geld tauchte auch sonst nirgendwo auf, keinerlei Einnahmen von WesTex hatten diese Ausmaße, es sah nicht so aus, als hätte Hanna Stieg das Geld systematisch irgendwo abgezweigt. Aber wo kam es dann her?

Als ich den Ordner noch einmal durchblätterte, fiel mir an der Rückwand etwas auf. Sie hatte eine andere Farbe als die anderen Ordner. Und auch als die am Deckel des Ordners. Ich fuhr mit der Hand über die Fläche. Papier. Welches Unternehmen schlägt Aktenordner von innen mit Papier aus? Die Antwort konnte ich mir getrost selbst geben. Ich untersuchte die Ränder. Fühlte. Kratzte am Papier, bis sich eine der unteren Ecken löste. Ich sah glänzendes Fotopapier. Versuchte einen Stift in das Loch zu schieben und die untere Kante aufzureißen. Warum zitterten meine Finger gerade jetzt! Warum musste ich gerade jetzt niesen? Ich zwang es zurück, fokussierte die tränenden Augen auf das Loch.

Endlich gab das Kartonpapier ein wenig nach, sodass ich den Stift weiter in den Zwischenraum bekam. Ein leises Ratsch ließ meinen Puls in die Höhe schnellen. Der untere Rand war offen, ich schob meine Finger dazwischen und bekam das Fotopapier zu fassen. Zog. Und erschrak.

*

Auf dem Tahrir-Platz drängten sich jubelnde Menschen. Eingekreist von Polizisten, waren sie dennoch nicht zu vertreiben. Sie schrien ihren Protest heraus, damit die ganze Welt ihn hört.

Kalem Ryshad fühlte sich das erste Mal in seinem Leben frei. Mündig.

Er kann etwas verändern. Sein Blut kochte in den Adern, unter seiner Haut schienen kleine Bläschen zu kribbeln. Eingezwängt zwischen Zehntausenden von Menschen, die das gleiche Ziel verfolgten, fühlte er sich als Teil von etwas Großem. In furchtbarer Enge, frei wie nie zuvor.

Dennoch blieb ein Teil seiner Aufmerksamkeit bei den Polizisten. Ihren Waffen. Maschinengewehren. Ihren Sturmmasken und blauen Uniformen. Von ihnen ging eine ungeahnte Bedrohung aus. Ein Kiesel im Getriebe, und schon würde die Hölle losbrechen. Die Gewehre im Anschlag schienen sie zu versuchen, sich Gesichter zu merken. Dich nehme ich morgen fest und dich gleich danach, schien es hinter ihren Stirnen zu rattern. Fast erwartete Kalem, dass einer der Polizisten einen geheimen Schießbefehl gab, um sie alle niederzumähen. Im Namen der Regierung, aus Notwehr oder warum auch immer.

Doch sie ließen sich nicht beirren. Riefen ihre Parolen, protestierten gegen Willkür, Korruption und Betrug. Mord und Folter unter den Augen der Menschen. Unter den Augen des Westens. Unter aller Augen.

Der war ein Taliban!, heißt es, wenn der Westen fragt. Extremistischer Islamist, Bombenbastler aus dem Terrorcamp. Diese Begründung hatte noch jedes Embargo abgewendet.

Jetzt aber erhoben sie ihre Stimmen für höhere Löhne und soziale Gerechtigkeit. Grundrechte. Menschenrechte. Kalem sah keinen Islamisten. Keinen der Muslimbrüder. Hörte keine islamistischen Rufe, nur den Willen nach Freiheit.

Bis in den Abend hielten sie den Platz besetzt, waren sie zu viele, zertrampelten ihren »Tag der Polizei«. Sie hörten, dass auch in anderen Städten Ägyptens protestiert wurde, fühlten sich stark. Durch die Menge liefen immer mehr Journalisten. Herüber gejettet aus Tunis, hatten sie hier einen neuen Aufstand vor den Kameras. Die Demonstranten riefen in ihre Mikrophone: »Tragt unseren Protest in die Welt.«

Erst, als die Dunkelheit sich wie ein stilles Tuch über den Platz legte, begann der Ring aus Polizisten sich enger zu ziehen, in Bewegung zu setzen. Langsam aber stetig, beinahe unbemerkt und plötzlich fand sich Kalem in einer Seitenstraße wieder. Weg vom Platz der Freiheit. Seine Arme schmerzten, er sah hinauf zum Mond, zu den Sternen, die ihm ein Zeichen zu geben schienen. Wo war sein T-Shirt? Wo war er selbst? Was war passiert?

*

Nachdem ich mir Latex-Handschuhe über die Finger gezogen hatte, legte ich die drei Fotografien nebeneinander auf die Tischplatte. Auch aus einigem Abstand ließ sich das Bild nicht schön reden. Es blieb, was es war. Ein Maschinengewehr. Und noch eines. Und ein kleinteiliges Militärequipment. Nachtsichtgerät, Atemmaske, Kompass, Allzweck-Klappmesser. Kriegsgerät, versteckt im Büro einer toten Blondine, die offenbar Millionen auf einem ausländischen Konto liegen hatte. Na, wenn das mal keine Bestätigung meines Verdachts war. Aber wie sollte ich mir sicher sein, dass wirklich Hanna Stieg diese Fotos im Ordner versteckt hatte?

Es hatten doch bestimmt noch andere Zugang zu ihrem Büro. Zum Beispiel die, deren Name auch auf den Auszügen stand. Franka Grundig. Doch ich traute ihr nicht zu, derart leichtsinnig zu sein. Akten mit ihrem Namen darauf, im Zimmer ihrer Chefin, das wäre wirklich leichtsinnig. Egal, mit ihr musste ich auf jeden Fall sprechen, als Zeugin. Zunächst. Es könnte doch sein, dass Hanna Stieg hinter ihr Geheimnis gekommen ist. Franka Grundig war als Erste am Tatort, sie hatte die Leiche gefunden. Aber eine Frau, die so kaltblütig eine andere erschießt?

Vergangene Fälle hatten mich gelehrt, auch

unwahrscheinliche Pfade nicht unbeschritten zu lassen.

Ich schrieb also auch diesen Verdacht auf, direkt unter die Aufforderung, die Sekretärin zu verhören und stemmte die Hände an den Kopf. Die Schläfen massierend besah ich die Fotos. Am rechten Bildrand stand etwas. Ich drehte das Geschriebene zu mir. Ahnte, wozu Thomas Haffner diese lustige Brille gebrauchen konnte. Doch mein Stolz ließ mich nicht darum bitten gehen.

Mit Mühe, aber stolz, las ich den Namen: Heckler & Koch MP5. Auf dem zweiten Bild stand: Heckler & Koch UMP. Heckler & Koch, das wusste selbst ich, war eine deutsche Waffenschmiede. Trotzdem öffnete ich erneut meinen Browser und gab die Namen in das Suchfeld ein. Bildersuche, Treffer. Genau diese Waffen lagen vor mir auf dem Tisch.

Ich scrollte ein wenig die Bilder nach unten und blieb bei einer Aufnahme hängen, die mit »Februar 2011« datiert war. Sie zeigte einen dunkelblau uniformierten Mann, vermutlich Polizist, mit diesem Maschinengewehr in der Hand, zielend auf einen Menschen. Eine Exekution. Ich klickte auf das Bild, zoomte das Abzeichen auf der Schulter heran und machte einen Screenshot.

Die Bildunterschrift war arabisch, die Schriftzeichen für mich nicht einmal als solche identifizierbar. Zusammen mit der Frage, ob er schon mit dem Psychologen Jonas Großmann über das Fotografieren von Leichen gesprochen hatte, mailte ich das Bild an Haffner. Der würde schneller als ich herausfinden, welcher Nationalität dieser Todesschütze war.

*

Mohamad fand sich am »Tag der Polizei«, einem Tag, an dem er frei haben sollte, mitten in einer Menschenmasse wieder. Er sah seine Kollegen am Rand der Menge, drängte sich zu ihnen durch. Die sahen ihn an. »Protestierst du?«, brüllte einer. Verständnislos schüttelte Mohamad den Kopf. Protestieren? Wogegen? Seine Willenlosigkeit?

»Räumungsbefehl«, schrie der wieder und deutete mit einer Kopfbewegung in die Masse.

Jemand hielt ihm eine SIG Sauer vors Gesicht, er griff danach und verabschiedete sich von seinem freien Tag.

Langsam schloss sich der Ring aus Polizisten um die Menschen, drängte sie zusammen, erstickte ihre Rufe in der Dunkelheit. Wasserwerfer schossen ihre baumstammdicken Strahlen über den Platz, er sah Gaswolken aufsteigen. Tränengas, vermutete Mohamad. Einfach überrollen, dachte er, und drückte sich gegen seinen Vordermann. Der wich zurück, stieß den nächsten an und setzte eine Kette in Gang.

Es kommt Bewegung in die Sache, dachte Mohamad und fing plötzlich unkontrolliert zu lachen an. Es verhallte zwischen den Rufen, niemand nahm es wahr, nur er selbst, er konnte sich nicht stoppen, lachte sich den Schmerz aus dem Körper, obwohl er innerlich weinte. Vielleicht war sein Lachen Ausdruck der Freude darüber, dass er ein Gefühl empfand. Selbst wenn es Schmerz war. Oder Trauer.

Lachend und weinend stand er da, in der Hand eine Pistole, überlegte kurz, wer es hier auf diesem Platz tatsächlich verdient hatte zu sterben, und setzte sich den Lauf an die Schläfe. Lachend. Zitternd. Unbeachtet. Niemand sah ihn an. Uniformierte Polizisten zogen Menschen, unter den Achseln gepackt, vom Platz, trieben sie vor sich her oder bildeten Gassen und Absperrungen. Er war nur ein armer Irrer, der zufällig hier stand, um am falschen Tag, am falschen Ort Suizid zu begehen.

Erst als er abgedrückt hatte, mit zusammengekniffenen Augen auf dem übervollen Platz der Freiheit, merkte er, dass sich im Magazin keine Patronen befanden.

*

David saß auch an diesem Abend hinter seinen ausgebreiteten Papieren auf dem Sofa, im Schneidersitz hatte er das Notebook auf dem Schoß und tippte darauf herum.

»Hallo, David.« Aufsehen, Lächeln.

»Da bist du ja, Charlotte. Helene hat nach dir gefragt. Jetzt schlafen aber beide schon.«

»Und du? Hast du mich auch vermisst?«

Ich ließ mich neben David auf dem Sofa nieder und legte meine Arme um seinen Oberkörper, genoss die Wärme. Für einen kurzen Moment verdrängte ein Gefühl von Sicherheit das Bild der blonden Leiche aus meinem Kopf. Ich spürte seine Hand auf meinen Haaren, roch seinen leichten Schweiß. Seine Hände glitten unter meine Bluse, so warm und weich. Unbeachtet fiel Papier zu Boden, meine Beine schlangen sich um seinen Körper.

»Ich hab dich auch vermisst, Charlotte.« Dieser Blick, diese Augen. Sie ließen mich alles vergessen. Ich verlor mich in der dunkelgrünen Tiefe, in diesem sanften Lächeln. Samtweiche Hände, die jetzt meine Bluse aufknöpften, Lippen, die vom Lächeln in ein Saugen überglitten und sich um meinen Nippel schlossen. Die Zunge, die mit ihm spielte, die Zähne, die leicht hinein bissen. Ich ließ mich fallen in seine Welt, spürte ihn auf mir, an mir, in mir und stieß einen

Schwall gepresster Luft aus. Ich spürte nichts mehr. Nur ihn. Seine Bewegungen, seine Wärme. Selbst sein Geruch wurde körperlich, schien mich einzuhüllen. Mit Glück zu erfüllen. Mit Wärme, mit ihm.

Wir lagen noch lange auf dem Sofa. Zwischen Fotos und Notizen, beim Schein einer einzelnen Kerze und gehörten einfach zueinander. Seine Hand fuhr durch meine Haare. Der feste Knoten hatte sich gelöst, mein dunkles Haar lockte sich wirr um meinen Kopf, es kümmerte mich nicht. Neben ihm war mir alles andere egal.

Als mein Telefon klingelte, wollte ich es nicht hören. Bewegte mich nicht. David sah mich an. Hörte auf, meine Haare zu streicheln.

»Um diese Zeit ruft nur an, wer es ernst meint.« Lächeln.

Das Smartphone war bereits verstummt, ein leichtes Vibrieren zeigte den Eingang einer Mailbox-Nachricht an.

»Die läuft nicht weg. Du aber schon.« Erneutes Klingeln. Scheinbar lauter. Fordernd. »Na schön.« Haffner.

»Dein Foto war aber verpixelt.«

»Rufst du deswegen um Mitternacht bei mir an, Kollege?«

»Mit meiner Kamera passiert so etwas nicht.«

»Ich lege jetzt auf, ja?«

»Schon gut. Dein Exekutor …«

»Exekutor?«

»Exekutor! War oder ist immer noch Ägypter. Diese Abzeichen kann man sich bei Wikipedia anschauen. Er ist ein einfacher Leutnant.«

»Ägypter? So ein Zufall.«

»Nicht wahr? So, und nun schlaft schön, ihr Turteltauben.« Freizeichen. Frechheit.

»Haffner?« David streckte sich und stand nackt vor mir.

»Der traut sich was, uns zu stören.« Ich wollte nach David fassen, doch der trat einen Schritt zurück, zeigte wie ein Kind mit dem Finger auf mich und grinste. »Schluss jetzt!«

»Ungern.« Kichern.

Schon war er im Bad verschwunden, ich blieb auf dem Sofa zurück und sah mich um. Eingerahmt von Waffen. Ein wirklich grandioser Ort für Liebesspiele. Kriminalkommissarin schläft mit Enthüllungsjournalist zwischen Beweismaterial. Hoffentlich kommt David nicht die gleiche Idee. Unwillkürlich musste ich lachen, hörte ihn aus dem Bad kommen und nahm seinen Platz dort ein.

Als das warme Wasser meinen Körper hinablief, hatte ich endlich Zeit, alles zu vergessen. Mein Kopf war leer, ich war einfach zufrieden. Ruhig. Alles, was ich brauchte, hatte ich. Immer wieder bewusst machen. Sich selbst bestärken. Voranstreben ist gut, Ehrgeiz gesund, in Maßen.

Ich verteilte die Seife auf meinem Bauch, sah, wie weißer Schaum zwischen meinen Fingern wuchs, und stellte mir vor, allen Schmutz, auch den der Seele, von mir abzuwaschen. Sauber sein, von außen und innen.

Ich zog die Klammern aus meinen Haaren, die nur noch an einzelnen Strähnen klemmten. Schaum in den Haaren, weg den Dreck, das Fett, den Schmutz. Auf dem Kopf und im Kopf. Weg. Ich hatte jedes Zeitgefühl verloren, hüllte mich in Davids Bademantel und wickelte die Haare in ein Handtuch. Als ich aus dem Bad kam, saß David wieder hinter seinen Bildern, hatte sie zu einem ordentlichen Stapel zusammengeschoben und einen Teller Käsesuppe für mich an meinen Platz gestellt.

»Wein?«

»Heute Abend gibt es keinen Wein, Charlotte.« Lächeln.

*

Kalem Ryshad lag auf seinem Bett. Er fühlte sich schwer. Kraftlos. Hilflos.

Was war passiert? Die Polizei hatte gewonnen. Sie vertrieben. Ihre Kraft vom Morgen war verschwunden, irgendwann hatten sie sie verloren. Seine Kraft musste noch irgendwo dort liegen. Irgendwo auf dem Platz der Freiheit. Er konnte sich nicht erinnern, wann genau er sie verloren hatte, wie er in diese Seitenstraße gespült worden war. Sein Geist musste diese Erinnerung zu seinem Schutz bereits verdrängt haben. Nicht erinnerbar. Nichts für schwache Gemüter.

Eine Träne lief ihm aus dem Augenwinkel. Er verstand ihren Sinn nicht, hatte sie nicht geweint, sie war einfach da. War in ihr die Erinnerung, die sich ihren Weg aus ihm heraus bahnte? Eingehüllt in einen salzigen Tropfen, angetreten zur Flucht über die Wange. Er ließ sie laufen. Was konnte er schon tun. Sie lief in sein Ohr. Endstation. Brüll nicht so laut, Erinnerung!, dachte er. Wo kam er her, dieser Schrei, wenn nicht aus der Träne in seinem Ohr?

Kalem Ryshad, du bist Ingenieur. Der Tag wird kommen, an dem du auch als Ingenieur arbeiten wirst. Ganz bestimmt. Nur nicht aufgeben. Versager. Diese furchtbare Träne. Er spürte den dünnen Salzrand, den sie auf seiner Wange hinterlassen hatte. Es fühlte sich an wie eine Klebstoffspur.

Er wollte den Arm heben, den Handrücken benutzen, um sich durchs Gesicht zu wischen. Doch er tat nichts.

Verharrte in seiner Lähmung. Allein mit seinen Gedanken, die er nicht mehr hören wollte. Wo ist der Schalter, um das abzustellen? Warum konnte er nichts anderes denken, als: Versager. Elender. Du, Kalem Ryshad bist schuld, dass ihr alle verloren habt. Du. Denn du bist ein Versager.

Geh betteln. Schlag dir einen Fuß ab, dann siehst du bedürftiger aus. Geh betteln, zu mehr taugst du nicht, Kalem Ryshad. Dein Vater war Bettler. Ein verstümmelter Bettler. Verstümmelt in der Revolution, in der Mubarak zum Helden wurde – und dein Vater zum Bettler. Warum glaubst du, nur weil du heute lebst, etwas Besseres sein zu dürfen? Warum, warum, warum? Mit welchem Recht?

»Scheiße, Mann, seid still!« Der Schrei drang aus seinem Magen. Es fühlte sich an wie ein Schwall Kotze, der aus ihm herausbrach. Doch es war nur ein Schrei. Ein gekotzter Schrei. Es hörte aber nicht auf. Ein Schmähkommando in seinem Ohr, lief sich gerade erst warm, er konnte sich nicht wehren. Sein Gegner war er selbst. Gegen sich selbst konnte man nicht gewinnen. Doch man darf sich auch nicht ergeben. Ein ständiger Kampf, zermürbend, zerstörend.

Sein Schrei war schon lange von den Wänden getropft, wie Kotze heruntergelaufen. Zähflüssig, stückig, stinkend. Versickert im Vergessen. So gut hätte er nicht schreien können.

War es schon wieder dunkel? Oder war nur sein Fenster zu klein und zu dreckig für die Sonne? Sein Kopf wollte sich nicht drehen. Nichts wollte. Er lag wie ein Crashtest-Dummy im Bett, wartend auf die Analyse der Zerstörung nach dem Aufprall. Aber die Tester waren wohl erstmal Mittag essen gegangen. Was solls? Hungrig zu sein habe ich mir sowieso schon lange abgewöhnt, dachte Kalem.

*

Erst am Morgen merkte ich, wie spät es gestern war. Oder besser, vorhin. Als mein Wecker klingelte, glaubte ich zu träumen. Aber es hörte nicht auf. David drehte sich zu mir um, stieß mich an. »Mach mal aus.« Eine Art brummender Befehl. »Ist schon still.« War er nicht.

Warum gab es keine ferngesteuerten und programmierbaren Kaffeemaschinen? Warum muss man erst aufstehen, anschalten und warten. Das nervt. Es gibt doch auch programmierbare Waschmaschinen und Fernbedienungen für die Deckenlampe. Was kann da so schwer sein, so etwas in eine Kaffeemaschine einzubauen? Wahrscheinlich gab es die eben doch schon lange und ich wusste es nur nicht, keine Zeit mich zu kümmern, war doch der Ärger des Morgens nach der ersten Tasse jeden Tag aufs neue verflogen.

Als ich dem Kaffee dabei zuhörte, wie er heiß in die Kanne tropfte, sah ich aus dem Küchenfenster. Ein Mann, schwarzhaarig und breitschultrig im Poloshirt, war gerade damit beschäftigt, sein Rennrad an einen Baum zu ketten. Spinnt der? Jetzt verfolgt mich Lasslo schon bis nach Hause.

»Schaust du jetzt schon jüngeren Männern hinterher?« Schnippische Anspielungen am Morgen, noch vor dem Kaffee, sind meine Achillesferse.

»Das ist der Neue. Frisch von der Uni.«

»Was will der hier?«

»Das musst du ihn fragen, ich geh mich mal anziehen.« Das summende Geräusch der Türklingel flog durch den Flur, ich schloss die Schlafzimmertür. Noch bevor ich meinen BH geschlossen hatte, hörte ich Männerstimmen murmeln. Lachen. Fragende Intonation. Die verstehen sich ja auf Anhieb.

Ich ließ mir Zeit beim Anziehen, trotzdem war ich irgendwann fertig. Jacobs Kinderstimme mischte sich ins Gespräch, Lachen. Das gibts doch nicht.

»Was ist so lustig?« Plötzliches Auftauchen führte zu plötzlichem Kopfdrehen aller drei Männer.

»Männerkram.«

»Schön, dass ihr euch versteht.« Der genervte Unterton war bemerkt worden. Lasslo hielt eine Zeitung in die Höhe. Titelseite. Ein Foto, das mir etwas sagen sollte. Ein Araber. Mohamad Hassan, 35 Jahre.

»Wird jetzt offiziell gesucht, Tatverdächtiger. Und sieh mal hier.« Er drehte die Zeitung auf die untere Hälfte der Titelseite und entblößte ein Foto, das ich sofort erkannte. Kriminalhauptkommissar Albrecht Dück bittet um Ihre Mithilfe. Was für eine Headline. Wenigstens nimmt er die Verantwortung für den Moslem als Täter auf sich.

»Wo kommt das Foto her? Gestern wars noch ein Phantombild.«

»Aus den Personalakten von WesTex.«

»Und alle anderen Spuren werden jetzt abgewürgt? Was ist mit Leander Lore?«

»Abgewürgt.«

»Aber ich habe auch noch etwas zum Fall beizutragen.«

»Trage mal bei.«

»Nachher. Besprechung ist doch um zehn Uhr, oder? Ich hab keine Lust, alles zwei Mal zu erzählen.«

Bevor er antworten konnte, verließ ich die Küche, sammelte die drei Bilder aus dem Ordner zusammen und steckte sie in einen Umschlag. »ÄGYPTER?« schrieb ich in Großbuchstaben darauf und verstaute sie in meiner Handtasche. Noch einmal hörte ich die Tür klappen, das Kindermädchen stand im Flur. Helene schlief noch, sie bediente sich am Kaffee. Mein Smartphone klingelte, ich wühlte es aus meiner Handtasche, in die ich es eben erst gesteckt hatte.

»Charlotte? Hier ist Claudia«, nach einer kurzen Pause: »Eckart«, als kannte ich hunderte.

»Morgen Claudia! Schön, von dir zu hören. Wie …?«

»Ich bin jetzt erst mal versetzt«, unterbrach sie mich, hatte wohl keine Lust auf Small-Talk, oder sie kannte mich gut genug um zu wissen, dass ich es hasste.

»Versetzt? Also kein Urlaub mehr?«

»Ja, bei den Drogen. Aber wenn ihr den Ägypter habt, komm ich zurück.«

»Claudia, ich glaube irgendwie nicht, dass er es war.«

»Du glaubst noch an Leander?«

»Ich weiß es nicht. Ich bin im Moment einfach unsicher. Es sind so viele neue Sachen gefunden worden, aber von denen …«

»Darfst du mir nicht erzählen, schon gut. Ich wills auch gar nicht wissen. Ehrlich.« Ich hörte ihre Traurigkeit, nach vielen Versuchen fand sie einen guten Mann, dann war er der Grund für ihre Versetzung.

»Wenn dir irgendwas auffällt, ich meine …«

»Ach, Charlotte. Bitte. Du weißt, dass ich das tun würde. Im Moment ist es aber eher Salz in die Wunde.«

»Sorry.«

»War schön, mal wieder deine skeptische Stimme am Ohr gehabt zu haben. Nach so vielen Jahren, in denen wir uns praktisch jeden Tag irgendwas erzählt haben, war das jetzt schon echt eine furchtbar lange Pause. Also, bis dann, ich gehe jetzt zu KFC frühstücken, die Drogenmenschen werden erst gegen Abend aktiv.«

»Ich freue mich, wenn du wieder kommst«, da hatte sie bereits aufgelegt.

Obwohl ich schon wegen Claudia wollte, dass Leander Lore nicht der Täter war, passte es mir nicht, wie Dück vorging. Irgendetwas störte mich daran, ich konnte nicht sagen, was. Vielleicht erschien es mir als der Weg des geringsten Widerstandes. Lasslo war bereits wieder aus dem Küchenfenster neben seinem Rad zu sehen, ich konnte diese Sportlichkeit nicht verstehen und prüfte, ob der Autoschlüssel in meiner Handtasche steckte.

»Bringst du Jacob heute ?«, versuchte ich mich selbst auf andere Gedanken zu bringen.

»Jacob geht heute allein zur Schule.«

»Ach so? Na, das wäre mir aber neu. Er ist doch erst zehn.«

»Er ist schon zehn. Er kann schon ganz allein laufen und auch lange genug, dass wir uns sicher sein können, dass er auf dem Weg nicht immer wieder hinfällt. Du hast zwei Kinder.«

»Haha, David. Du weißt, was ich …«

»Glucke, Glucke, Glucke.« Grinsen. »Willst du, dass unser Sohn ein Muttersöhnchen wird?«

»Nein, natürlich nicht. Darum sollst du ihn ja heute bringen.«

»Ich gehe jetzt, Tschüssi.« Der Ruf kam von der Wohnungstür her, die im selben Moment ins Schloss fiel. David lachte über seinen Sohn, aber vor allem über meinen Gesichtsausdruck.

»Frau Polizistin, nicht alle Menschen sind böse.«

»Ach komm, hör halt auf.« Viel zu laut schloss ich die Kühlschranktür, das Kindermädchen zuckte, Kaffee auf der Tischdecke. Jegliches Hungergefühl war plötzlich wie weggeweht. Endlich konnte ich wenigstens eine Tasse Kaffee trinken. Viel zu schnell, viel zu heiß, der Kopfschmerz ließ nach. Da war sie wieder, tief in mir, aus mir drängend. Innere Unruhe. Ich musste etwas tun, aufhören zu denken, Jacobs Gesicht statt Helenes, auf den Körpern der Kinder im Massengrab.

Jacob allein auf dem Weg in die Schule. Meine Hände zitterten. Krampften, unkontrollierbar. David hielt sie fest, liebevoll sanft, ich riss sie weg, schrie ihn an: »Wasch ab!« Unwichtigkeiten. Nichtigkeiten erschienen plötzlich riesig, stellten unüberwindbare Aufgaben dar. Alles durcheinander, alles unordentlich! Zitternde Stimme.

»Okay, Charlotte. Wenn es dich so belastet, bringe ich ihn morgen wieder. Aber ...«

»Lass dein Aber stecken. Ersticke daran.«

*

Mohamad begann sich aufzulösen. Er verlor an Kontur, an Schärfe, an Dasein. War er überhaupt noch da? Gab es einen Mohamad, ohne einen zu Folternden?

Die Wände seines Zimmers schienen mit ihm zu sprechen. Er hatte sich geweigert, in sein ehemaliges Zimmer zu ziehen. Das Zimmer, in dem er Mohamad wurde. Jetzt bezahlten sie ihm ein schäbiges kleines Loch, in dem nichts weiter stand als ein Bett und ein Stuhl.

Die Sonne war nicht stark genug, um sich durch die verdreckte Scheibe zu kämpfen. Alles war völlig anders als in der Polizeiakademie und doch genau gleich. Die Wände atmeten Schuld. Seine Schuld. Diese Stadt löste etwas in ihm aus, das er sich nicht erklären konnte. Gefühle. Wo kamen sie her, so plötzlich, so absolut zum falschen Zeitpunkt?

Er saß auf dem Stuhl und löste sich auf. Begann zu verschwinden. Verstrickte sich immer mehr in Bildern, die nicht zu ihm zu gehören schienen. Die es vielleicht gern wollten. Er sah die Leiche, fühlte die Knöchel in seinen Händen, an denen er sie über den Boden aus dem Dreck gezogen hatte. Weggeworfen wie ein Stück Müll.

Er sah die fünf Männer in den weißen Kitteln auf dem Boden liegen, die Häftlingsnummern auf den Fußsohlen, das Maschinengewehr in seiner Hand. Szenen, die zu ihm gehörten. Gehören mussten. Die zu seinen gemacht worden sind. Dazwischen drängte sich das Gesicht eines Mädchens. Ein wunderschönes Gesicht. Umrahmt von einem weinroten Kopftuch, goldene Fäden durchzogen den Stoff, goldener Glanz lag in ihren Augen. Lächeln. Er sah seine Hände auf ihren Schultern, spürte den Stoff des Kopftuchs unter seinen Fingern. Seide.

Er wusste, dieses Tuch war das wertvollste, was sie besaß. Er wusste nicht, wer dieses Mädchen war. Sie drängte sich in sein Hirn. Setzte sich lächelnd zwischen all seine Erinnerungen und begann, mit ihnen zu verschmelzen. Plötzlich lag sie dort am Boden, ohne Kopftuch, mit einer

Nummer auf einer Fußsohle. Sie war es auch, der er die Nägel durch die Finger schlug. Der erstickte Schrei eines Mannes wurde in seinem Kopf zum versinkenden Schluchzen einer Frau.

Es fraß ihn auf. Von innen heraus, seine Gedärme waren leer, zerfressen von diesen Bildern. Sein Blut waberte durch seinen Körper, ohne Venen und Gefäße, alles zerfressen. Galle, Blut und Magensäure mischten sich, brannten in ihm, zerstörten ihn.

Kairo. Kairo. Was war nur passiert, hier in dieser Stadt? Warum war er so sicher, dass die Frau tot war, in deren Augen er baden gehen wollte? Er kannte sie doch gar nicht. Sie war nur eine Personifizierung seiner Wünsche, ein fieser Trick seiner Lust. Mohamad erschrak bei diesen Gedanken. Seit wann kannte sein Körper Lust, Wünsche? Wo war seine geliebte Willenlosigkeit?

Er hielt es nicht mehr aus in diesem stickigen Zimmer, griff nach seiner SIG Sauer und trat auf den Flur. Ein Flur aus Beton. Am Ende ein Fenster, ohne Scheibe. Wenn er keine Patronen fand, nahm er eben diesen Ausweg.

*

»Weißt du Charlotte, ich kann deine Angst verstehen. Ich habe auch Angst. Vor allem vor deinen Reaktionen.« Die Stille durchbrochen, die den Innenraum meines Wagens ausgefüllt hatte. Wir saßen nebeneinander, sahen auf das Tor der Schule. Nachdem Jacob hineingegangen war, schämte ich mich. Ich hasse es, wenn ein anderer Recht hat, aber noch mehr hasse ich meine Angst. Diesen Beschützerwahn in mir, der krampfhaft versucht, alles Schlechte von Jacob abzuwenden, selbst wenn nichts Schlechtes da ist. Tief in mir drin lebte mein Vater und seine Faust, das Leid und die Schmerzen, vor denen ich meinen Sohn beschützen muss. Obwohl ich es nicht brauche.

Jacob hat einen anderen Vater. Einen Vater, der eher in Tränen ausbricht, als aus Wut auch nur eine Vase umzuwerfen. So verletzlich, so ganz anders als ich. So klar in seinen Gedanken, so liebevoll erzogen. Ich liebte David dafür, gleichzeitig hasste ich ihn. Immer dann, wenn ich nicht mehr ankam gegen den Drang zu beschützen, wenn ich merkte, er hat Recht, er hat Recht, er hat Recht. Er kennt das Gegenteil nicht.

Bei diesen Gedanken überkommt mich die Scham. Immer wieder, jedes Mal. Ich werfe ihm etwas vor, wofür er nichts kann. Er trägt keine Schuld an meiner Kindheit. Er hat nicht darum gebeten, eine liebevolle Familie zu haben. Und trotzdem.

»Vielleicht sollte ich mir einen neuen Psychologen suchen.«

»Ich denke, das wäre nicht schlecht.« Seine Hand auf meinem Knie, ich spürte seinen Blick. Drehte mich zu ihm, ein Lächeln. Wärme.

»Tut mir leid.« Die Hand fuhr meinen Oberschenkel hoch und wieder runter, der Jeansstoff meiner Hose absorbierte fast jede Berührung.

»Bitte ersticke nicht.« Der Versuch eines Lächelns wurde erlöst durch einen Kuss.

»Wann war deine letzte Therapie noch mal?«

»Postnatale Depression, direkt nach Helenes Geburt.«

»Schon lange her.«

»Hm. Ich such mir jemanden.«

»Sag mal, deine Leiche. Kann es nicht sein, dass sie von ihrem Freund auch geschlagen wurde? Dass er lügt?«

»Möglich ist alles. Beziehungstaten geschehen wohl überall auf der Welt, jeden Tag.«

»Jetzt wollte sie ihn anzeigen, das konnte er nicht zulassen und beseitigte sie. Oder steht der in der Zeitung schon fest?«

»Für Dück schon. Ich fühle mich dabei nicht wohl.«

»Und bei meiner Version?«

»Die finde ich schlüssig. Aber wie passen die Waffen dazu?«

»Vielleicht sind es doch die Fotos und Konten von der Sekretärin.«

»Vielleicht. Erst mal lese ich den Bericht der Gerichtsmedizin vollständig. Wenn er sie geschlagen hat, müssten Spuren an ihrem Körper gefunden worden sein. Danach frag ich Claudia, ob sie etwas zu Leander Lore und Gewalt zu sagen hat.«

»Lass das lieber. Du weißt doch, auch das größte Schwein ist zu Beginn ein Rosenkavalier.«

Ich startete nach längerem Schweigen den Wagen und sah David an. Er nickte. Ich sah auf die Uhr, zehn vor neun. Bis zur Besprechung war noch Zeit: »Ich fahr dich gern zur Arbeit, David«, der Kuss war so weich, dass er nach mehr verlangte.

*

Kalem Ryshad saß im Internetcafé und versuchte seinen Impuls zu kontrollieren. Klickte immer und immer wieder auf das Aktualisieren-Feld und erhielt die immer gleiche Meldung. Er versuchte es bei Twitter, wollte die Tastatur gegen den Monitor schlagen, als sich das blinkende Fenster öffnete. Gesperrt. Abgeschnitten von Nachrichten, so wollten sie nun unsere Demonstrationen verhindern. Dafür war es zu spät. Kalem wollte in diesem Land so nicht mehr leben, er wollte es verändern, um jeden Preis. Er gäbe sein Leben.

Wahrscheinlich kostete es ihn das Leben. Doch das war ihm egal, er wollte ein Leben als Mensch, oder kein Leben.

Plötzlich stand der Betreiber des Internetcafés hinter ihm, mit den Händen in den Taschen sah er auf Kalem herab. Seine dünnen Arme schauten nackt aus einem schwarzen T-Shirt heraus, der sehnige Hals schien seinen Adamsapfel kaum fassen zu können. Eine feingliedrige Goldkette lag auf seinem Schlüsselbein auf.

»Gehts bei dir auch nicht?«, die Stimme rauchig, noch mit Nikotinresten belegt.

»Ist das Netz ausgefallen, oder wie?«

»Nein, Mann, nur die beiden Seiten. Sind wohl gesperrt. Kann man nichts machen.« Er drehte sich auf seinen Flipflops um und schlurfte hinter den Tresen. »Bezahlen musst du natürlich nichts, ist ja klar«, rief er von dort aus.

»Kein wirklicher Trost«, murmelte Kalem und beschloss, den Freifahrtschein für ein kurzes News-Update zu nutzen. Al Jazeera tickerte zum Glück auch Nachrichten durchs Netz. Zwei Tage nach der ersten Demonstration schien das der einzige Weg zu sein, um noch irgendetwas mitzubekommen. Er sah die Bilder der brennenden Stadt Suez gleich auf der Startseite. Ein Polizeipräsidium und Regierungsgebäude brannten. Menschen mit blutüberströmten Gesichtern und Körpern schrien ins Bild, Sondereinsatzkommandos mit Spezialhelmen drängten gegen die Demonstranten. Er war erschrocken von dieser Brutalität auf beiden Seiten. Feuerlegen gehörte für ihn nicht zu einer friedlichen Revolution. Steine werfen genauso wenig. Was war da los? Ging es nur so?

Er scrollte die Seite herunter, immer mehr Bilder von Verletzten reihten sich aneinander, kurze Texte beschrieben, wo sie lagen. Er sah Flammen und Blut und plötzlich das Gesicht des Friedens: Mohammed el-Baradei. Der Oppositionspolitiker, dessen Kandidatur zum Präsidenten durch Mubaraks Verfassungsänderung aussichtslos geworden war, der ins Exil fliehen musste und nun in sein Land zurückkehren wollte. Friedlich. Für den Frieden.

Kalem glaubte daran, dass es friedlich möglich war. Er würde da sein, wenn Mohammed el-Baradei seinen friedlichen Machtwechsel anbot. Noch an diesem Abend. Kalem schrieb sich das heutige Datum 27. Januar 2011 auf den Unterarm. Vielleicht würde dieser Tag sein neuer Geburtstag.

*

Es war halb zehn, als der erste Kaffee aus meiner Pad-Maschine in die Tasse gelaufen war. Ich verfluchte diesen Morgen, ein Tag konnte nicht schlechter beginnen. Es war mir egal, dass sich bereits alles aufgelöst hatte, hungrig war ich trotzdem. Ich nahm meine Tasse. Als mein Notebook hochfuhr und seine »dringend benötigten Updates« installierte, verfluchte ich Windows und ging in die Cafeteria. Es gab nichts anderes als belegte Brötchen. Polizistenklischee. Ich kaufte trotzdem eins mit Käse und starrte die Verkäuferin an. Sie reichte mir das in Frischhaltefolie eingewickelte Brötchen, eine Serviette in der anderen Hand.

»Keine Teller?«, fragte ich und hielt meinen Geldschein fest. Geräuschvolles Ausatmen bezeugte ihre Unlust, trotzdem bekam ich einen Teller.

»Den dürfen Sie aber nicht mitnehmen!«, rief sie hinter mir her. Ich hob die Hand zum Zeichen, dass ich sie verstanden hatte, und tat es trotzdem. Nahm mir aber immerhin vor, den Teller und die angesammelten Gabeln, Löffel und Tassen später zurückzubringen. Oder morgen. Jedenfalls irgendwann.

Auf dem Bildschirm meines Notebooks blinkte über Jacobs Kindergesicht bereits der Mailbox-Pop-up. Dück schrieb. Ich klickte auf die Box und las die fünf Wörter, zu denen er sich durchgerungen hatte: »Besprechung verschoben, erst elf Uhr.« Na super, da blieb mir wenigstens Zeit, den Bericht zu lesen. Während die PDF-Datei sich öffnete, dachte ich, wenn Haffner eine verflucht teure Kamera bekommen konnte, warum konnte ich dann kein verflucht teures Notebook bekommen?

Ich schrieb mir den Hinweis an mich selbst auf ein Post-it und klebte es an den oberen Monitorrand. Einsam hing es da, lächerlich. Ich zog es ab. Mit einem Taschentuch wischte ich die Kleberreste weg, wischte über den Bildschirm und ärgerte mich über Streifen, die nicht verschwinden wollten. Als der Ladebalken verschwunden war, gab ich auf und begann, das Inhaltsgeplänkel zu überscrollen.

Hin zu den Bildern. Den Armen und Beinen, dem Torso-Foto und dem Kopf. Alles einzeln fotografiert, nirgends konnte ich Verletzungen sehen. Keine Schnitte, Stiche oder Hämatome. Ich überflog den Text. Dasselbe: Keine Verletzungen, nur das Einschussloch. Keine chemischen Substanzen im Blut, alles normal. Keine Hinweise auf eine Misshandlung.

Doch plötzlich fiel mir etwas ins Auge, eine DNA-Spur am Opfer. In der Scheide. In einem simplen Satz stand es da: »Hatte kurz vor dem Tod Geschlechtsverkehr, keine Verletzungen, die auf Zwang hindeuten.«

Hatte Hanna Stieg vorher mit ihrem Mörder geschlafen? Oder hatte sie einen Liebhaber, der kurz vor der Tat noch bei ihr war? Die Tat vielleicht sogar beobachtet hatte? Mein Herz schlug schneller, meine Finger hielten den Stift. Ich schrieb wieder eine Seite meines Notizblocks voll, wieder eine neue Spur. Spermaspuren.

Abgleich mit der Datenbank, schrieb ich an den Rand der Seite und umrandete es rot. Ach was, das konnte ich viel besser jetzt gleich erledigen.

Zehn vor elf, das schaffe ich noch.

Ich schrieb eine E-Mail an Heide Büchner, die Gerichtsmedizinerin, setzte Haffner ins cc: und war zufrieden. Endlich eine richtig heiße Spur.

Ich griff in meine Handtasche, um zu kontrollieren, ob der Umschlag mit den Fotos noch da war, zog einen Taschenspiegel und meine Klappbürste heraus. Es war immer wieder ein Kampf, die dicken dunklen Locken in einen festen Zopf zu bekommen. Ohne fransige Strähnen oder hervorlugende Löckchen.

Alle hatten sie gespottet, als ich mir einen Spiegel ins Büro geholt habe. Vollkommen egal war es mir. Ich hatte ein Anrecht auf ein gepflegtes Äußeres und gab mir beim Blick hinein sofort wieder Recht. Die schwarzen Mascaraflecken unter den Augen hätte ich sonst wohl den ganzen Tag mit mir herumgetragen.

Ich sah das Foto von Jacob, Helene und David an, das am Rahmen des Spiegels hing, lächelte in mich hinein und konnte für einen Moment den Ärger des Morgens vergessen. Das einzige, was mich jetzt noch störte, war die ständig juckende Nase, die geröteten Nasenflügel und die Tatsache eines frei herumlaufenden Mörders. Aber ein Mörder, von dem wir vielleicht bald die DNA kannten.

Mit dem Notizblock unter dem Arm und der Tasche in der Hand, ging ich in den Versammlungsraum. Die Efeutute, die sich von einem kleinen Regal herunterhangelte, stellte für meinen Heuschnupfen keine Gefahr dar, sie ließ keine Pollen fliegen. Keine anderen Pflanzen hatten jemals in diesem Raum gestanden. Am runden Tisch saßen bereits die Kollegen versammelt. Lasslo mit ernster Miene, die von dem Leuchten seines Poloshirts gebrochen wurde, Haffner, der sein Smartphone in der Hand hielt und etwas darauf las, Dück, der wie immer als einziger seine Anzugjacke über die Stuhllehne gehängt hatte und seinen Rücken dagegen lehnte. Egal, wie oft ich ihm sagte, dass er dadurch Falten in die Jacke drückte, es interessierte ihn nicht.

»Schön, Charlotte, dass du auch fast pünktlich bist, dann können wir ja anfangen.« Ich stellte meine Tasche auf den leeren Stuhl neben mir und zog ihn heran. Gerade, als ich anfangen wollte zu reden, ergriff Dück das Wort erneut: »Wir mussten die Sitzung kurzfristig verschieben, weil wir heute Morgen einen Tatverdächtigen verhaftet haben«, sagte er derart staubtrocken, als hätte er verkündet, er habe heute Morgen seine Katze gefüttert.

»Mohamad Hassan, 35 Jahre, ägyptischer Staatsbürger. Sitzt im Verhörraum 3 und wartet auf seine Vernehmung.«

*

»Einfältiger Mohammed el-Baradei. Kommt aus seinem Exil, latscht vor die Kameras und bietet an, das Amt des Präsidenten friedlich zu übernehmen. Zu viel Demokratie geschnuppert, oder was hat ihm ins Hirn geschissen? So viel Einfältigkeit habe ich in meiner gesamten Laufbahn als General noch nicht erlebt.«

Sprudelnder Wutausbruch am frühen Morgen. Sie standen auf dem Appellplatz in der Akademie. Mohamad versuchte nicht daran zu denken, dass sie genau dort standen, wo die Leichen gelegen hatten. Spuren im Sand ließen ihn glauben, dass auch gestern wieder Leichen hier lagen. Die Sonne hing als glühende Scheibe am Himmel, irgendwo auf dem Weg zu ihnen verloren die Strahlen ihre Wärme. Mohamad fühlte die Gänsehaut unter seiner Uniform. Er versuchte, vom General weg in den Himmel zu schauen, glaubte, der blaue Teppich war nur für ihn aufgespannt worden, die Sonne daran gepinnt, ein paar weiße Wattewölkchen durchbrachen die Einigkeit. Genau wie hier am Boden. Mubarak, die Sonne, dessen Strahlen immer mehr an Wärme verloren, Ägypten, der blaue Himmel, dazwischen Wattewolken. Störfaktoren.

Sie sehen aus, als wären sie ein Teil des Gesamtbilds. Doch schaut man genauer hin, erkennt man, dass der Himmel ohne sie viel blauer wäre. Einheitlichkeit. Gleichströmigkeit. Bloß nicht anders sein, sonst landest du als Stück einer Wattewolke unter meinen Fingern.

Mohamads Gedanken überlagerten die Worte des Generals. Der Wind trug sie davon, er wünschte sich, eine Wolke zu sein.

Plötzlich setzten sich die Polizisten in Bewegung, er folgte ihnen mit den Augen, sah die Kisten. Maschinengewehre. Er hatte sie bereits getestet, nun wurden sie an die verteilt, die die Menschenrechte zu unterdrücken hatten.

Seine Finger fühlten den kalten Stahl des Griffs, er legte einen Finger auf den Abzug. Könnte er sich gleich hier erschießen? Was würden sie mit seiner Leiche machen?

Er wollte nicht riskieren, im Tod als Denunziant irgendwo nackt aufgehängt zu werden. Er wollte sich nicht vorstellen, wie der General seinen Kopf, auf einen Stab gespießt, als Mahnmahl vor sich her trug. Also ließ er die Waffe sinken. Gliederte sich wieder in die Reihe ein.

Zufriedenheit lag im Gesicht des Mannes, der wieder ansetzte, große Reden zu schwingen. Mohamad sah, wie seine Brust sich hob, als er staubige Luft in seine Lunge sog, doch statt eines Befehls war nur Husten zu hören.

Sie blieben regungslos stehen, er krampfte zusammen. Presste sich die Hände auf die Brust. Es klang, als wolle er sich übergeben, Würgen und Keuchen, er sank auf die Knie. Sie sahen sich an, Unruhe machte sich breit.

Mohamad dachte nicht darüber nach, ob und wie er helfen könnte, er sah zu, wartete auf sein Ersticken. Die einzige Frage, die ihn quälte, war die Ansteckungsgefahr. Er sah förmlich Bazillen durch den Staub auf sich zufliegen. Er wollte nicht sterben wie der General. Er wollte selbst entscheiden, wie er starb.

Plötzlich war Stille. Der General kauerte auf dem Sand. Kein Laut entwich seinen Lungen. Um ihn herum standen mit einem Mal Polizisten aus der Reihe, rüttelten an ihm. Sprachen ihn an. Nichts. Stille. Tod?

*

Er sah aus wie der Mann auf dem Foto. Gleichzeitig aber auch nicht. Seine Gesichtszüge wirkten weicher. Die Augen saßen tief in den Höhlen, dunkel umrahmt. Dennoch aufmerksam. Sie fixierten erst Lasslo, dann mich. Warfen keinen Blick auf Dück. Der stand mit vor der Brust verschränkten Armen an die Wand gelehnt, sah stolz vor sich hin. Seht, das hab ich geschafft!, sprühte es aus seinen Augen.

Ich stellte mich vor, Lasslo setzte sich auf den Stuhl vor ihm. Schaltete das Aufnahmegerät ein, sprach Datum und Aktenzeichen auf und stellte die erste Frage, die simpelste von allen, die die Augen des Mannes mit Tränen füllte. Ein weinender Moslem-Mörder? Im Ernst?

»Ich bin nicht Mohamad Hassan. Ich heiß Kalem Ryshad.« Dück grinste. Ließ seine Fingergelenke knacken, zog unsere Blicke auf sich und grinste noch breiter. Dann verließ er den Raum, schloss die Tür, der Mann sank in sich zusammen. Ein Schluck Wasser in Menschengestalt.

»Können Sie sich ausweisen?« Lasslo klang beklemmt. Den Rücken an die hölzerne Stuhllehne gedrückt, versuchte Gelassenheit.

»Nein. Meine Pass ist bei Ausländerbehörde,

für neue Aufenthaltsgenehmigung. Die wird in Pass geklebt. Darum muss der da bleiben.«

»Haben Sie vorher keine Kopie gemacht?«

»Nein.«

»Führerschein?«

»Ägyptischen. Ist hier nicht gültig.«

»Aber Ihr Name ist hier doch gültig?« Ein wenig veralbert kam ich mir schon vor, dennoch strahlte der Mann etwas aus, das mehr Mitleid als alles andere hervorrief. Sein artikelloses Deutsch, war überraschend gut, trotzdem hatte ich das Gefühl, reden war nicht seine Stärke. Ich musste an die Worte von Franka Grundig denken, die Mohamad Hassan am Tag der Entlassung als »verändert« beschrieben hatte. Sein Gesicht habe weicher gewirkt. Ich sah den Mann vor mir an, verglich ihn im Geiste erneut mit dem Foto und kam immer wieder zu demselben Ergebnis.

»Ja, da steht anderer Name drauf. Ist nämlich nicht richtig echt.«

»Nicht richtig? Oder ist er vielleicht gefälscht?«

»Lasslo, das hilft uns nicht weiter.«

»Gefälschte Dokumente?«

»In Ägypten gefälschte Dokumente. Wichtiger ist doch, dass wir erst mal herausfinden, wie er tatsächlich heißt, findest du nicht?«

»Schon gut, aber wenn der Führerscheine

fälscht, wie sollten wir da sicher sein, dass er nicht auch Pässe fälscht?«

»Da fragen wir am besten die Ausländerbehörde.«

»Ich sitz noch hier. Mir ist komisch, wenn Sie reden über mich, als wäre ich Foto.«

»Sind Ihnen schon Fingerabdrücke abgenommen worden?« Der Versuch voranzukommen. Lasslos Augen strahlten den Wunsch aus, weiter und weiter zu diskutieren.

»Ja«, flüsterte er nun fast.

Ich legte Lasslo eine Hand auf die Schulter, er verstand.

»Gut, Herr Hassan.«

»Ryshad.«

»Das werden wir gleich wissen. Wir müssen natürlich sicher sein, dass wir den richtigen Verdächtigen verhören.« Zustimmendes Nicken, das Leben kam zurück in den Körper des Mannes.

»Gut, also werden wir zunächst mit der Ausländerbehörde Ihre Personalien klären. Wollen Sie in der Zwischenzeit etwas trinken, Kaffee?«

»Cola wäre super«, nun lächelte er fast. Die Augen hellten sich ein wenig auf. Dieser Mann schien mir unerklärlich.

Lasslo nickte mit freundlich schief gelegtem Lehrbuchkopf und stand auf.

»Irgendwie hab ich das Gefühl, der heißt wirklich Kalem Ryshad«, sagte Lasslo flüsternd. Die linke Hand ruhte noch auf der Türklinke, mit der rechten hatte er angefangen, sich an den Schläfen zu kratzen.

»Gefühle, Gefühle. Wir werden es gleich wissen.«

*

Der General war tot. Mohamad stand noch immer an seinem Platz und sah seinen Kollegen beim Hin- und Herlaufen zu. Er sah das Blut, das aus der Kehle seines Chefs durch den Mund lief und in den Sand tropfte, und glaubte zu wissen, was passiert war. Er sah es vor sich. Ein kleines Fläschchen Gift in den Kaffee – und hier liegt das Ergebnis. Oder war es eher eine Pflanze?

»Die Revoluzzer haben unseren General ermordet«, dröhnte plötzlich eine Stimme über den Appellplatz. Hallte von den Sandsteinwänden und brachte Mohamad zurück ins Jetzt. Er sah zu, wie der Körper weggetragen wurde. Starrte auf den Blutfleck, der in der Sonne immer dunkler wurde.

»Der nächste könnte unser Präsident sein«, die Stimme wirkte nun fast traurig. Eine schlechte Inszenierung. Das Gesicht schien zu lachen.

Der Colonel, der gesprochen hatte, trat aus der Deckung und stellte sich auf den Blutfleck. Die schwarzen Stiefel löschten das Geschehen aus. Niemand regte sich mehr. Er stellte sein Gewehr auf den Boden und stützte sich auf den Lauf. Sah sie an. Sie wichen zurück in ihre Reihen.

Mohamad stand auf seinem Platz, hatte sich während der gesamten Zeit keinen Zentimeter bewegt und überlegte, ob er wirklich gesehen hatte, was sich vor seinem inneren Auge nun immer wieder abspielte. Der keuchende, Blut spuckende General, der verzweifelt nach Luft verlangte, der genauso sterblich war wie sie alle. War das wirklich passiert?

Mohamad konnte keinen Unterschied erkennen zwischen dem Mann, der nun vor ihm stand. Austauschbar. Sie waren alle austauschbar. Ihr Leben zählte nichts für die Diktatur. Was zählte, war die Aufrechterhaltung.

Wie viele auf beiden Seiten starben, war völlig egal. Alle Polizisten um ihn herum sahen jetzt aus wie er selbst. Ein ähnlicher schmächtiger, aber muskulöser Körperbau, die leicht geduckte Haltung, die kurzgeschnittenen schwarzen Locken. Die gleichen dunklen Augen, die fragend durch die geöffneten Visiere der Helme schauten. Sie waren ein Brei aus Waffen und Muskeln. Mehr nicht. Ihre Ängste zählten nichts. Waren einfach nicht da. Mohamad war nicht da. Es gab ihn gar nicht, eigentlich war er ein Produkt Mubaraks, kein Mensch. Das war ihm plötzlich klar, hatte immer in ihm gegoren, drängte nun aus ihm heraus. Er wollte schreien.

Die Worte des Colonels waberten um ihn herum. Sinnlose Laute, eine Sprache, die er plötzlich nicht mehr verstand. Ein Mann, den er nicht mehr erkannte. Eine Sonne, die er noch nie auf der Haut gespürt hatte. Wo war er? Wer war er?

Das Gespinst irgendeiner widerlichen Fantasie war er. Irgendwer hatte ihn erfunden, in die Welt gelogen, instrumentalisiert. Eine derart gefühllose Figur wie er konnte gar nicht existieren, musste erfunden sein. Doch er war hier. Spürte die Sonne. Den Wind.

Hörte den Wortsalat, dessen Sinn er nicht verstand, und fühlte nichts. Gefühllosigkeit ist auch ein Gefühl, redete er sich ein.

Er drückte die Finger fester um sein Maschinengewehr, schloss die Augen und versuchte, sich auf die Worte dieses kleinen Mannes vor ihm zu konzentrieren. Ihr Sinn blieb ihm verborgen.

Jetzt fühlte er eine Hand auf der Schulter. Der Besitzer sah ihn nicht an, zog ihn nur im festen Griff aus den Reihen und schob ihn auf die Seite. Ihn und sie. Seine Kollegen. Sie, das waren die Folterknechte. Zurück auf Anfang, dachte er.

Er fühlte sich auf einmal wohler. In gewohntem Terrain. Als der, vor dem man Angst hatte.

»Für euch haben wir eine besondere Aufgabe.« Aus dem Lautstrom sind wieder Worte geworden.

»Jungfrauentests, danach könnt ihr mit denen machen, was ihr wollt.«

*

»Willst du dir nicht einen Parkschein kaufen?« Lasslo sah mich derart ernst an, dass man denken konnte, er meine es ernst. »Lass mich mal überlegen, hm, nein.« Ich zwängte mich durch die halb geöffnete Autotür aus meinem Opel, versuchte angestrengt zu vermeiden, Metall auf Metall schlagen zu lassen, und verfluchte meinen Parkstil. Lasslo stieg beschwingt aus, genug Platz zum nächsten Wagen, ich richtete mich auf und strich meine Bluse glatt. Spürte dieses auffordernde Kribbeln in den Nasenflügeln und fing an, in meiner Handtasche nach den kleinen blauen Pillen zu kramen. Vergessen, natürlich.

»Das ist es also, das neue Technische Rathaus.« Er sah am Gebäude empor und stemmte die Hände in die Hüften.

»Also erstens ist das nicht mehr neu, und

zweitens: erzähl mir nicht, dass du noch nie hier warst.«

Was soll ich denn hier? Er schien ehrlich überrascht, sprach den dummen Satz aber nicht aus.

»Siehst du, wie groß das ist? Das hat vier Hausnummern. Glaubst du, da ist nur die Ausländerbehörde drin?«

»Jedenfalls nichts, was ich schon mal hätte besuchen müssen.« Eiliges Davonstaksen. Beim Blick auf den Infoständer und auf der Suche nach dem »Sie sind hier«-Punkt schien er aber plötzlich doch meine Verwunderung zu verstehen.

»Na los, bevor du dich hier traurig suchst, zeig ich dir lieber, wo wir hin müssen.«

»Danke, dass du nicht auch noch ›wo es langgeht‹ gesagt hast.«

»Das zeig ich dir ja so oder so jeden Tag.« Die Rufe über die Straße hinweg hatten ein spazierendes Pärchen zum Lachen angeregt. Ich schloss den Opel ab und folgte Lasslo zum Infoständer. Dieser rote Punkt war nun wirklich nicht zu übersehen. Ich machte mir einen Spaß daraus zu warten, bis Lasslo ihn gefunden hatte.

»Weißt du, Charlotte, während du dich hier über mich lustig machst, sitzt ein vermeintlich Unschuldiger im Verhörraum herum. Wenn Roman Schelter dir gleich am Telefon von einer neuen Leiche erzählt, nimmst du das auf deine Spaßmacherkappe, ja?«

Lasslo, mein Gewissen. Ganz schön forsch für einen Neuling. Er hatte die rechte Hand zur Faust geballt, rieb sie über den Stoff der Hose, hoch und runter. Der Blick schwankte irgendwo zwischen Scherz und bitterem Ernst.

»Da.« Tippen mit dem Finger, der Punkt war größer als meine Fingerkuppe. Ich malte den Weg zur Ausländerbehörde, drei Zentimeter. Lasslo hob den Kopf, sah das Schild am Eingang direkt vor sich und den Inder, der gerade im Hausflur durch eine Glastür ging. »Der könnte ja auch zum Wohngeldamt wollen.« Gedanken erraten.

»Könnte, könnte. Lass uns mal gucken gehen.«

Er trat zur Seite und ließ mich die Tür aufdrücken. Ein viel zu kleiner Warteraum voller Menschen mit kleinen Zetteln in der Hand. Bei jedem auffordernden Ton und Blick auf den Monitor stand einer auf und verschwand im Nebenraum.

Warum gab es hier keine Fenster? Dieses unnatürliche Licht machte mich müde, einen Kaffeeautomaten gab es hier auch nicht, nur einen Kassenautomaten. Die Visa ließ sich der deutsche Staat gut bezahlen.

An einem Tisch unter dem Monitor saßen zwei gelangweilt blickende Frauen, neben ihnen stand ein Touchscreen, auf dem man die Buttons »Service« oder »Abholung« wählen konnte. Lasslo zog eine Nummer, ich sah ihn verständnislos an. Ging zu den Frauen am Tisch, die bereits auf uns aufmerksam geworden waren. Die Rothaarige schob mir ein Formular vor die Nase. »Ausfüllen«, russischer Akzent.

»Danke, aber ich brauche keinen neuen Aufenthaltstitel.«

»Trotzdem ausfüllen.« Ich zeigte meinen Ausweis, sie zog das Blatt zurück. »Wir haben eine Frage zu einer Person, die hier einen Antrag gestellt hat. An wen müssen wir uns da wenden?«

»Nummer ziehen.« Lasslo hielt triumphierend den Zettel in die Höhe. Ich fragte mich, ob die Rothaarige manchmal auch mehr als zwei Wörter am Stück sprach. War sie nicht die Information?

»Wir haben nicht die Zeit, hier zu warten. Bitte sagen Sie uns, an wen wir uns wenden können.«

»Die anderen haben auch keine Zeit.« Sie zeigte in die Warterunde, lehnte sich in ihrem Stuhl zurück.

»Ich bringe Sie.« Die Dunkelhaarige war nun aufgestanden, verdrehte die Augen und ging auf eine Tür zu, die vom Warteraum aus nicht zu sehen war.

»Meine Kollegin hat gern das Sagen.« Der Versuch einer Entschuldigung? Überflüssig. Schließlich hatte sie im Grunde doch Recht. Lasslo faltete demonstrativ den Zettel zusammen.

»Wie heißt denn die Person, um die es geht?«

»Ryshad. Kalem Ryshad.« Ich las aus meinen Notizen vor, sie nickte mitleidig lächelnd.

»Ich hole die Sachbearbeiterin. Dauert einen Moment. Setzen Sie sich bitte.«

Auch dieses Zimmer hatte kein Fenster. An den Wänden waren Regale angeschraubt, voll gestellt mit Akten, Ordnern, Büchern und Informationsbroschüren. Wir saßen in der Mitte des Raumes an einem grauen Tisch, auf grauen Stühlen, Behördenschick. Vor uns stand ein Plastikblumenstrauß. Mich durchfuhr ein Verlangen nach Sauberkeit, ich holte ein feuchtes Kosmetiktuch aus der Handtasche, wollte die Tischplatte abwischen, die Kaffeeflecken und Staubfäden entfernen. Im selben Moment öffnete sich die Tür, ich zog meine Arme zurück. Stand auf.

»Hannelore Scheider, guten Tag.« Vorstellung ohne Händereichen. Ihre runden Finger hielten eine Akte fest, der blau schimmernde Nagellack passte zu nichts an ihr. In ihren dauergewellten Haaren konnte ich keine Strähnen erkennen. Nur einzelne rote oder schwarze Haare.

»Mario Lasslo, Kriminalkommissar«, unterbrach er dankenswerterweise meine Gedanken. »Charlotte Petzold, Kriminaloberkommissarin.«, stellte auch ich mich vor und strich mir mit der Hand über die fest in den Zopf gebundenen dunklen Haare.

»Aha.« Hannelore Scheider ließ sich auf den dritten grauen Stuhl fallen, ihre Hüften füllten ihn vollständig aus, unter den Armlehnen drückte sich Fleisch, gehüllt in weinroten Stoff, heraus.

»Es geht um einen Ägypter.«

»Ryshad, ja, ich weiß schon Bescheid. Abschiebung?«

»Bitte?«

»Sollen wir ihn abschieben?«

Lasslo und ich sahen uns an, er mit geöffnetem Mund, ich ging dazwischen. »Also, wir wollten erst mal seine Personalien klären«, versuchte ich es diplomatisch.

»Er sagte, sein Pass sei wegen eines neuen Antrags bei Ihnen. Er muss sich dringend ausweisen«, ergänzte Lasslo.

»Ach so, ja.« Öffnen der Akte. Der schwarze Pass war aufgeschlagen mit einer rosa Büroklammer an die Innenseite geheftet. Die einst goldene Schrift wirkte blass, die blauen Nägel zogen ihn ab.

»Kalem Mustafa Ryshad, 35, geboren in Kairo.« Das Foto war wirklich verblüffend identisch mit dem Mohamads. Ich sah angestrengt darauf, versuchte mir das Bild in der Zeitung in Erinnerung zu rufen. Meine Überlegungen wurden durch Hannelore Scheider fehl gedeutet.

»Wir werden ihm jetzt wohl doch keinen neuen Aufenthaltstitel geben.« Ich blätterte durch die Seiten zum eingeklebten Dokument. Es lief in drei Wochen ab.

»Was hat er denn für einen Antrag gestellt? Familienzusammenführung ja eher nicht? Politischer Flüchtling?« Lasslo kannte sich aus, das Smartphone unter dem Tisch sah Frau Scheider nicht.

»Nein. Er hatte einen Arbeitsvertrag bei der Firma, Moment, hier, WesTex.«

»WesTex? Wer hat den denn unterschrieben? Darf ich den mal sehen?«

»Natürlich.« Die Kopien wurden über den Tisch geschoben, durch den angetrockneten Kaffeefleck. Der sah hinterher noch genauso aus wie vorher.

»Lasslo, sieh mal!« Aufgeregt sprang ich auf. Hanna Stieg, der Namenszug war gut zu lesen, trotz der flüchtigen Handschrift. »Na, wenn das kein Zufall ist. Können wir davon bitte eine Kopie bekommen?«

»Und warum bekommt er nun keinen neuen Titel mehr, wenn er doch hier Arbeit hat und die sogar seine Aufenthaltsgenehmigung beantragt haben?« Ich konnte mir die Antwort denken.

»Weil er vor knapp zwei Wochen gekündigt worden ist. Jetzt gibt es für ihn keinen Grund mehr, hier zu bleiben. Er könnte versuchen seine Chefin zu überreden, doch noch mal für ihn zu unterschreiben, da würde sie sich aber strafbar machen. Oder er findet in den nächsten drei Wochen eine neue Arbeit.«

Sie war aufgestanden, stand mir direkt gegenüber.

»Vielen Dank, dass Sie so kurzfristig Zeit für uns hatten.« Ich reichte ihr die Hand, sie ergriff sie nicht, raffte stattdessen die Akte zusammen und sah Lasslo an.

»Die Kopien mache ich gleich. Setzen Sie sich doch einen Moment in den Warteraum, ich bringe sie dort hin. Auf Wiedersehen.« Und weg war sie.

»Na, wenn die hier immer so freundlich sind, haben die Antragsteller bestimmt ihre helle Freude.« Lasslo erhob sich jetzt ebenfalls von seinem Stuhl. Ich versuchte, den Staub, der nicht da war, von meinen Hosenbeinen zu streifen.

»Jetzt stehen wir aber so richtig im Dunkeln, findest du nicht?« Ich rieb die Hände aneinander. Dreck entfernen, den es nicht gab.

»Die sehen sich extrem ähnlich, haben in der

gleichen Zeit bei der gleichen Firma gearbeitet und wurden auch noch gleichzeitig entlassen. Ich glaube, dass es Mohamad Hassan gar nicht gibt.«

Das sagte er fröhlich dahin, als sei es eine Anekdote, die er erzählte. Mir gingen seine Google-Ergebnisse durch den Kopf. »Mohamad Hassan, hast du doch herausgefunden, war eigentlich kein Name, sondern ein Dienstgrad, wenn man so will.«

»Ein Pseudonym? Aber wie konnte er dann als Mohamad bei WesTex arbeiten, wenn es den doch gar nicht gibt? Und gleichzeitig als Kalem?«

»Berechtigte Frage. Entweder hing Hanna Stieg da mit drin, oder wir sind auf dem Holzweg. Zwillinge?«

*

Heute war der Tag, an dem sie zeigen würden, dass sie es ernst meinten. Kalem Ryshad stand in der Menge von Menschen, stimmte immer wieder in die Sprechchöre ein und schrie wie sie alle seinen Unmut heraus. Mubarak muss weg. Nicht erst bei der nächsten Wahl, wie er es angeboten hatte, sondern sofort. Sein Rücktritt war alternativlos, ihre Forderungen eindeutig. Ein freies Land voller freier Bürger. Sie riefen noch immer, zwischen ihnen gingen Händler umher, verkauften Revolutions-T-Shirts, Getränke und Früchte. Kinder rannten über den Platz, zwischen Beinen hindurch, frei. Die Mütter sahen ihnen lächelnd hinterher, erhoben ihre Stimmen und trugen mit ihren Rufen den Gedanken an die Zukunft ihrer Kinder im Herzen.

Kalem Ryshad sah die vielen Reporter, die mit riesigen Kameras und langen Mikrophonen von Person zu Person gingen. Die markantesten Sprüche, die lautesten Forderungen galt es in die Welt zu tragen. »Allahu akbar«, wir wollen Menschen sein wie ihr.

Sie hatten Mubarak nervös gemacht, ein erstes Zugeständnis erzwungen, doch das war noch lange nicht genug. Am heutigen 28. Januar 2011 zeigten die Bürger nicht nur ihre Forderungen. Sie schrien die Wut heraus, über Unrecht, Willkür und Korruption, die Regierung, die Polizei und allen voran gegen Mubarak.

Tag des Zorns, dachte Kalem und musste sich unwillkürlich an die vorangegangene Nacht erinnern. Er hatte sich in der Polizei-Academy wiedergefunden, in der Hand ein kleines Fläschchen. Die Erinnerung durchzuckte ihn wie ein Blitz. Es war erschreckend einfach gewesen, dem General mit seinen im ganzen Land bekannten Morgenmarotten das Gift ins lauwarme Wasser zu kippen. Er glaubte an die homöopathische Wirkung des Wassers am Morgen. Homöopathie war nun sein Tod. Inoffiziell. Denn vor allem starb er an seiner dekadenten Überflüssigkeit, dachte Kalem.

Plötzlich durchbrachen Schreie die Rufe, schwollen an und schwappten wie eine Welle durch die Menge. Kalem drehte sich auf der Stelle um sich selbst, versuchte den Grund zu entdecken und sah den Stein auf sich zufliegen.

Die Menge stob auseinander, nur knapp verfehlte das Geschoss seinen Kopf, schlug dicht hinter ihm auf die Pflastersteine auf und erschütterte seinen Körper. Er hörte Schüsse. Begann zu rennen, wohin? Um ihn herum waren plötzlich Menschen voller Blut. Die Masse schob sich hin und her, panisch, planlos.

Kalem ging in die Richtung, aus der der Stein geflogen gekommen war, hörte Schreie lauter werden und wusste nicht, warum er tat, was er tat. Er ging einfach voran. Drängte sich an Menschen vorbei, stieg über Steine bis zum ersten leblosen Frauenkörper. Jetzt sah er ganz klar, was er tat. Er überlegte nicht, instinktiv und ohne Zweifel schob er seine Arme unter den Körper und hob ihn an. Schwerer als gedacht, der Kopf hing über seinen Ellenbogen, die schwarzen Haare klebten an der Haut. Wo war ihr Kopftuch?, dachte Kalem noch, als er sich mitten auf dem Platz wiederfand.

Eine Frau kam auf ihn zu, gestikulierte, ihre Worte kamen nicht bei ihm an. Sie schob ihn vor sich her an den Rand des Platzes, hinein in ein Kentucky-Fried-Chicken-Restaurant, in dem die meisten Demonstranten dort draußen noch nie gegessen hatten. Nun lagen einige von ihnen auf Feldpritschen und Decken im Saal. Notdürftig verbunden, stöhnend, flehend. Sie hatten Schusswunden, Platzwunden. Schuhabdrücke auf den Kleidern, Blutflecken so groß wie die Satellitenschüsseln an den Häusern.

Kalem legte die Frau auf eine Liege. Sie bewegte sich nicht, atmete noch. Die andere Frau, die ihn hierher geschoben hatte, kniete sich vor sie hin und fühlte ihre Stirn. Erst am Rücken, kurz unter dem linken Schulterblatt, sahen sie das Einschussloch. Ein Kranz aus Blut darum, eine Blutspur, die ihre Schulter hinab führte. Schlag für Schlag pumpte ihr Herz mehr Blut aus ihr heraus. Das Leben tötet sich selbst, welch widerwärtige Ironie.

Ein Gleichnis, dachte Kalem, dann verließ er das Restaurant, trat unter die ägyptische Sonne und vergaß, wo er war.

*

Neuer Termin Besprechung: 15 Uhr. TH., las ich vor und schaute auf die Uhr in meinem Auto.

»Da hat Thomas Haffner ja mal wieder alle Rekorde gebrochen.«

»Der Zeichenmeister hat zugeschlagen. Aber sag mal, Lasslo, wie lange waren wir jetzt da drin? Ist es wirklich schon zwei?« Blick auf die Uhr, dann aus dem Fenster. »Sieht so aus. Ich hab Hunger«, gab Lasslo zur Antwort.

Noch bevor er den Vorschlag machen konnte: »Kentucky Fried Chicken und McDonald's kannst du vergessen. Ich fahre keine Umwege für Chickenwings und Burger. Wir kommen an einer Dönerbude vorbei, 'nem Bratwurststand, mehreren Bäckereien und der Mensa. Such dir was aus.« Er drehte sich um, erblickte Claudias KFC-Karton, der noch immer auf der Rückbank lag.

»Wenn du das machst, läufst du den Rest.« Ernst gemeinte Warnung. »Tage altes Hühnerfleisch, sofern es denn welches war, kennt nur noch ein Ziel: den Müll.«

»Was meinst du denn, was das mal war?« Ernst gemeinte Frage, er hielt den Karton in den Händen, ich fuhr dicht an den Bordstein, er sah den Papierkorb und fing an zu lachen.

»Weiß ich doch nicht, gepresste Pappe vielleicht.«

Mit einem Wusch landete der Abfall im Papierkorb. Lasslo sah hinterher, ich schloss das Fenster und bog auf die Straße des 18. Oktober.

»Dönerbude.« Er hatte wohl Angst, in die Mensa gehen zu müssen.

*

Mohamad Hassan sah drei Polizisten auf dem Tahrir-Platz dabei zu, wie sie zwei Demonstrantinnen festnahmen. Er folgte ihnen, drückte sich durch die Menschen zum Wagen und setzte sich auf den Fahrersitz. Jungfrauentests.

Auf der Ladefläche des Pick-ups saßen bereits drei junge Demonstrantinnen, gefesselt an den Händen und Füßen, mit verbundenen Augen, die vierte wurde dazu gehievt. Mohamad sah durch den Rückspiegel zu, wie die fünfte sich wehrte, nur um den Kampf zu verlieren.

Ihm war nicht klar, ob das eine abschreckende Maßnahme sein sollte, die Frauen auf der Ladefläche sitzen zu lassen, statt einen der Isuzu-Busse, die die Polizei besaß, zu nehmen. Er drehte den Schlüssel im Schloss und versuchte, die Fragen in seinem Kopf zum Schweigen zu bringen.

Stehend, mit den an die Schulter gelehnten Maschinengewehren, hielten sich die Polizisten am Bügel des Fahrerhauses fest. Die Frauen bewegten sich nicht, vielleicht aus Angst, bei voller Fahrt von der Ladefläche zu fallen. Oder geworfen zu werden. Mohamad hatte schon so ziemlich alles gesehen.

Er steuerte den Pick-up weg vom Tahrir-Platz, die Schüsse schallten immer leiser in seinen Ohren, nur die Parolen wollten nicht verstummen. Sie hatten sich in seinem Gehirn festgesetzt und standen nun auf Endlosschleife.

Die Straßen waren voller Einsatzwagen, vereinzelten Demonstranten und Staub. So viel Staub. Vielleicht auch Sand. Wie eine Nebelwolke legte er sich über die Straßen, verdunkelte den Tag und nahm Mohamad die Sicht. Er fuhr durch einen Tunnel aus Staub, ohne Umweg, als gäbe es keine andere Wahl für ihn. Der Sand ließ ihm keinen anderen Weg. Erst als er durch das Steintor fuhr und vor der Tür zum Gefängnistrakt hielt, schien sich der sandige Nebel zu senken.

Mohamad fragte sich nicht mehr, woher seine Kollegen, die jetzt aus der Tür zum Wagen kamen, von ihrer Ankunft wussten. Er stieg aus und sah den sechs Männern dabei zu, wie sie die fünf gefesselten Frauen aus dem Licht ins Dunkle des Gefängnistrakts schoben.

»Ausziehen.« Seine Stimme klang fremd, als er die erste anwies. Sie war von den Ketten befreit, blinzelte in den Raum, erst zu den anderen vier Frauen, dann zu Mohamad.

»Ausziehen!«, wiederholte er und zeigte mit der Mündung seines Gewehrs auf ihren Körper. Ihre Augen weiteten sich. Starrten ihn an. Ihre schwarzen Locken, verklebt mit Blut von Fremden, in Jeans und T-Shirt, die Schuhe waren irgendwo verloren gegangen.

»Ihr seid festgenommen. Damit ihr die ägyptische Polizei nach der Entlassung nicht wegen Vergewaltigung verhetzt, machen wir jetzt Jungfrauentests. Ihr seid doch alle unverheiratet?«

Alle nickten, eine schluchzte. Dieses Wimmern trieb Mohamad das Bild der Frau wieder vor sein inneres Auge. Die schimmernden Goldfäden im weinroten Stoff des Kopftuches. War sie noch Jungfrau gewesen? Er glaubte, die Antwort zu kennen, er glaubte, der Grund für diese Antwort zu sein. Er klammerte sich an sein Gewehr. Dieser Laut hallte von den dunklen Steinwänden, hinter ihm standen sechs Männer, die nacktes Frauenfleisch sehen wollten. Also fuchtelte er mit der Waffe und brüllte: »Ausziehen!« Mehr Angst als Wut.

Er drehte sich um. »Verdammt, steht da nicht so herum. Was die nicht selbst können, müsst ihr eben erledigen. Wo ist eigentlich der Stoff?« Kramen in den Uniformjacken, endlich roch

Mohamad das Marihuana. Endlich konnte er das Gesicht dieser Frau in den Nebel des Vergessens hüllen und aufhören, innerlich zu zittern.

Vor ihm auf dem Boden lag nun eine Nackte. Sie hatte die Augen zusammen gekniffen, die Hände vor den Brüsten verschränkt, weinte. Still. Dreckige Hände hoben sie hoch, sie gab keinen Laut von sich, machte keine Bewegung. Mohamad zog an seinem Joint, dann löste er die Augenbinden der anderen vier Frauen. Als sie die erste auf dem Stuhl sitzen sahen, verstummten sie.

Mohamad legte die Beine in die extra angeschraubten Halterungen, sodass es aussah, als wäre sie beim Gynäkologen. Mit dem Joint zwischen den Lippen, den Rauch in ihr Gesicht blasend, band er ihre Beine fest, drückte die Arme auf die Lehnen und band sie ebenfalls fest. Sie sah ihm jetzt fest in die Augen. Er fühlte nichts. Ihr Anblick ließ ihn nichts mehr fühlen, keine Angst, keine Wut, kein Verlangen.

Jemand gab ihm grinsend den Penis. Den Ultraschallstab, auf den er etwas Gel drückte. Ohne hinzusehen schob er ihn zwischen ihre Beine, ihre Muskeln spannten sich, ihren Mund hatte sie zu einem farblosen Strich zusammengepresst.

»Ich sehe hier kein Jungfernhäutchen. Ihr?« Angestrengtes Wegsehen, sein Blick haftete auf dem kleinen Monitor.

»Unverheiratet, aber keine Jungfrau mehr?«, fragte er, noch immer ohne sie anzusehen. Das Kopfnicken nahm er dennoch wahr. Kehliges Lachen hinter ihm, ein letzter Zug am Stummel seines Joints, bevor er ihn fallen ließ und sich mit der nun freien Hand die Hose öffnete.

»Siehst du, dann bist du ein gottloses Flittchen. Ich weiß, wo Frauen wie du arbeiten. Was kostest du? Nein, sag nichts, für mich bist du heute mal gratis.« Klatschen hinter ihm, als er in sie eindrang. Seine Hände lagen auf ihren Brüsten, mit Daumen und Zeigefingern hielt er die dunklen Nippel fest, als wären sie Zügel, sie weinte lautlos. Wandte die Augen nicht von seinem Gesicht. Er brauchte lange, verspürte keine Lust, tat seine Arbeit, wollte nicht unfertig den Geiern den Körper überlassen, als Versager zur Nächsten übergehen. Kraft bewies er erst, wenn sein Sperma zwischen ihren Schenkeln klebte.

Diese Brüste. Die Nippel. Sie weckten etwas in ihm, das unauslöschlich immer in ihm gewohnt hatte. Das selbst das Marihuana nicht mehr verdrängen konnte. Und jetzt wusste er, wer sie war: die Frau mit dem Kopftuch. Während er immer wieder in sein wehrloses Opfer hinein stieß, fühlte er plötzlich die Wärme dieser Frau, seiner Frau. Unglaubliche Lust wallte in ihm auf, sein Gedächtnis spielte ihm einen Streich, die Frauen tauschten die Plätze. Vor ihm lag nun Andra, die unter den Stiefeln der Polizei zu Tode getrampelt wurde, in seinem Kopf die Demonstrantin. Er drückte die Brüste, die warmen Kissen, so fest, dass sie endlich schrie, und kam in ihr. In Andra. Und wusste, unter den Stiefeln war auch er gestorben, ein Teil von ihm in ihr.

*

Roman Schelter leuchtete über dem Bild auf meinem Smartphone auf. Lasslo sah zu, wie ich es auf Lautsprecher stellte und mich meldete.

»Wieder eine Leiche?«

Diese anklagenden Augen neben mir auf dem Beifahrersitz.

»Ja, Charlotte, eine Leiche.«

Ich-habs-dir-ja-gesagt-Schnaufen neben mir, Lasslo wischte sich mit der Serviette die Dönersoßenreste von den Fingern.

»Wo? Wer hat sie gefunden, ist schon jemand vor Ort?«

»So ziemlich alle sind vor Ort, Charlotte.«

»Gott, Roman, weinst du?«

»Charlotte. Die Leiche liegt direkt vor dem Haupteingang des Polizeigebäudes. Es ist …« Schluchzen. Lasslo war erstarrt. Ich brüllte nun fast hysterisch: »Sag schon, Roman!«

»Dück. Verdammt, Charlotte, Albrecht Dück wurde erschossen!«

*

Es gab keinen Kalem Ryshad mehr. Nur einen Teil der Menge. Er war eins geworden mit seinen Revolutionsbrüdern und -schwestern. Eine Walze von Menschen, die über Kairo rollte. Nicht nur hier, auch in anderen Städten stellten sich Körper gegen die Macht. Menschliche Körper standen gegen durch das korrupte System mit Hass gefüllte Hüllen in Polizeiuniform.

Es war bereits Abend, er erinnerte sich nicht, warum die Zeit so schnell vergangen war, sah nur die leblosen Körper im Kentucky-Fried-Chicken-Restaurant, die fliegenden Steine und fühlte sich sicherer mit dem Maschinengewehr in den Händen. Er musste es gefunden, einem toten Polizisten aus den Händen genommen haben. Immer wieder sah man Demonstranten mit solchen Waffen. Nun hatte auch er eine gefunden.

Plötzlich hörte er ein Brummen. Die Luft vibrierte, drückende Schwüle, Schweiß überall. Blut auf dem Boden. Und dieses Brummen. Ein Motor?

Er sah das Rohr. Ein dickes grünes Rohr, das

auf sie zukam. Er kannte dieses Rohr. Ein Kanonenrohr, kein Zweifel. Es gehörte zu einem Panzer, das würde das Brummen erklären. Es hinterließ eine Schneise, die sich mit Polizisten füllte, sie schossen in die fliehende Menge, wahllos, auf Kinder, Frauen und Alte. Alle, die auf dem Platz der Freiheit für Freiheit kämpften, waren zum Ziel geworden.

Kalem glaubte, Knochen brechen zu hören. Er kletterte an einer Laterne hinauf und setzte sich auf die Leuchte. Jetzt sah er den Panzer. Er schob sich durch die Menge, überfuhr, was und wer nicht schnell genug weg kam. Es war Mubaraks Panzer. Er konnte die kleine ägyptische Flagge auf der Seite sehen. Er wusste, irgendein reiches Land, das noch reicher werden wollte, hatte dem korrupten Diktator diesen Panzer verkauft. Und nicht nur den.

Waffen, die Mubarak nun nutzte, um sein Volk abschlachten zu lassen, während der Verkäufer in eine neue Villa zog.

Kalem richtete sein Gewehr auf die Polizisten hinter dem Panzer. Er sah sie die gleichen Waffen tragen. Er versuchte auf ungeschützte Körperstellen zu zielen. Jede Patrone, die von einer kugelsicheren Weste abprallte, war eine verlorene Kugel. Er wollte töten. So viele Polizisten wie möglich, bis das Magazin leer war oder er von der Lampe geschossen wurde. Er wollte diesen Einheitsbrei Polizeiuniformen niedermähen. Mit der eigenen Waffe. Er schoss. Traf, der erste fiel. »Stirb!«, brüllte er und feuerte erneut.

Sie sahen sich um, entdeckten ihn nicht. Unter ihm jubelten Demonstranten, hielten wieder Schilder und Fahnen in die Höhe, als wollten sie die Sicht auf ihn versperren. Er schoss und schoss, sah einige fallen wie kleine Marionetten, die sich von ihren Fäden gelöst hatten. Ja, sie waren alle Marionetten. Doch nun ist Schluss, dachte Kalem noch, ehe ein Feuer in ihm zu brennen anfing. Blut nahm er noch wahr, bevor er von der Laterne stürzte.

*

Lasslo weinte. Er war im Auto sitzen geblieben, hielt sich die Hände vors Gesicht und weinte. Ich sah die Kameras, die ihn durch die Autoscheibe hindurch fotografierten, die Presseausweise, die um die Hälse der Journalisten baumelten, und fand keine Kraft zu protestieren.

Schockstarre nennt man so etwas wohl.

Dücks Körper lag auf dem Rücken. Die Augen geschlossen, die Stirn blutig. Ein Loch, nicht größer als ein Euro-Stück, bildete den Mittelpunkt des Bluts. Neben ihm lag eine Akte, ich wusste, welche Akte. Ich wusste, welches Foto darin auf dem Täterzettel klebte, und wusste, das gleiche Gesicht saß in diesem Moment hinter ihren Türen. Ohne Waffe.

»Das sieht nach einem gekonnten Schuss aus.« Thomas Haffner hatte sich neben mich gestellt und betrachtete das Loch in der Stirn.

»Die Dame am Empfang sagt, sie habe ihn rausgehen sehen, dann sei er nach hinten umgekippt. Einen Schuss hat sie nicht gehört. Schalldämpfer und Schuss aus der Ferne heißt meine Schlussfolgerung.«

»Mein Gott, Thomas, wie kannst du so klar denken?«

Er sah mich an, seine Augen kleiner als sonst, in die Höhlen gesunken, unterstrichen von zwei tiefen Furchen.

»Was soll ich denn machen? Weinen? Wie Lasslo? Meinst du, der Schütze kriegt dann Mitleid und kommt mal vorbei gucken?«

»Mann, hör auf so zynisch zu sein.«

»Zynismus ist doch der einzige Weg, das hier zu ertragen.«

»Wahrscheinlich hast du Recht.« Ich versuchte immer wieder, die Tränen hinunterzuschlucken. Wegzublinzeln. Klar zu denken. Es ging nicht.

Als der Metallsarg an mir vorbei getragen wurde, nur Kreideumrisse hinterließ, musste ich die

Tränen laufen lassen. Auf den Boden sinken, sitzen auf den kühlen Pflastersteinen. Ich spürte einen Arm um mich gelegt und sprach aus, was ich dachte: »Er musste sterben, weil sein Gesicht in Verbindung mit dem Fall in der Zeitung war. Irgendjemand will irgendetwas vor uns verstecken.«

»Hm.«

»Wer wird der Nächste sein?«

Nun zuckte auch Haffner zusammen. »Er selbst.«

»Zynismus?«

»Eher eine Drohung.«

Ich gab keine Antwort. Wir kauerten nebeneinander am Tatort, ich sitzend, er hockend, schwiegen uns an und ließen die anderen die Arbeit machen. Fotoapparate klickten, Schuhe schlurften über die Pflastersteine. Die Kreuzung am Peterssteinweg schien stillzustehen, Ampeln wurden grün, niemand fuhr. Starren aus dem Fenster. Die Leiche war in den Sarg gehoben worden, endgültig, unumkehrbar tot. In meinen Ohren rauschte ein Klagen, überlagerte Stimmen und Stadtgeräusche. Der Körper war weg, was blieb, war sein Kreideumriss auf den Stufen. Die Akte, das Blut. Ich griff nach dem Papier, raffte die Seiten zusammen und schob sie in meine Tasche.

»Hat denn niemand etwas gesehen?« Was aus

mir heraus kam, war vielmehr ein Klagen als Fragen. Ungläubig gegenüber der Ratlosigkeit.

»Wenn direkt vor dem Polizeigebäude der Kriminalhauptkommissar erschossen wird, sollte es doch Zeugen geben. Aber niemand hat einen Täter gesehen, Charlotte. Das muss ein Profi gewesen sein.«

»Passt das zu der Art, wie Hanna Stieg ermordet wurde?«

»Hm.«

»Der Täter muss aus einem dieser Fenster dort geschossen haben.« Deuten auf die Stadtbibliothek auf der anderen Seite der Kreuzung. Das Gebäude, in das vor Kurzem erst die Bücher wieder einziehen konnten, die Fenster erleuchtet, das war eigentlich unmöglich.

»Wer bitte schafft es, ungesehen mit einem Scharfschützengewehr am Empfang und dem Sicherheitsmann vorbeizuschlendern, in den vierten Stock zu fahren und dann aus einem Bibliotheksfenster bei vollem Betrieb jemanden zu erschießen?«

»Ein Profi.«

»Glaubst du da selbst dran, Charlotte?«

»Nein.«

»Vielleicht vom Dach?« Er sah in die Luft.

»Das klingt logischer. Jemand muss nachsehen.«

»Du bist ein richtiger Schnellchecker heute.«

»Arsch.«

»Tschuldigung, Schnellcheckerin.«

»Mann, Thomas, Sensibilität hast du auch nicht mit Löffeln gefressen, was?«

»Das ist mir in der Bude hier abtrainiert worden. Genau wie dir. Lass uns mal der Bibliothek aufs Dach steigen.«

*

In Mohamads Kopf wirbelten die Bilder durcheinander. Ihm war nicht klar, wie lange er schon hier war, wo er überhaupt war. Er spürte nur, dass er nichts weiter trug, als ein altes T-Shirt, das nicht ihm gehörte, Shorts, von denen er hoffte, es wären seine eigenen, und einen dicken Verband um den Oberschenkel.

Der Untergrund, auf dem er lag war zu hart, um ein Bett zu sein, zu weich für den blanken Betonboden. Er nahm Geräusche wahr, um ihn herum lagen viele wie er, Verletzte, Opfer, Klagende. Er sah Personen, die versuchten zu gehen, andere, die schnellen Schrittes umhereilten. Eine Krankenstation? Dafür war es wohl zu dreckig.

Er schloss die Augen wieder und versuchte, die Bilder in seinem Kopf zu sortieren. Überlagerte Gesichter, ineinander verschmolzene Ereignisse, Erinnerungen, die er nicht kannte. Überall Blut, geschundene Körperteile, gefolterte Gesichter, wunde Schenkel, Blut gemischt mit Sperma, darüber ein glitzerndes Frauenlächeln. Seine Hand in ihrer, er sah sich und sie durch den Flur der Universität gehen. Sie trug ein anderes Kopftuch, doch war es die gleiche Frau. Andra.

Er war nie in einer Universität gewesen. Mohamad war Folterknecht. Er leistete Überzeugungsarbeit an sich selbst. Das konnte nicht sein, seine Wünsche vermischten sich mit dem, was er für Erinnerungen hielt, spielten ihm einen Streich. Sein eigenes Gehirn gaukelte ihm ein Leben vor, das er gern gehabt hätte, aber niemals haben wird. Warum quält mich mein eigener Kopf so sehr?, dachte Mohamad und kniff die Augen noch ein wenig fester zusammen.

Er richtete sich auf, der Schmerz im Bein konnte nicht schlimmer sein als die Bilder in seinem Kopf. Dennoch ließ er ihn zurück sinken. Jetzt bin ich vorbereitet, sagte er zu sich. Diese Mutzusprecherei ist was für Weicheier, Mohamad, du bist ein Folterknecht. Deine Opfer erfahren durch deine Hand ein Vielfaches von dem, das dich hier zum Heulen bringt. Sei ein Mann! Das versuchte er nun. Er stand. Sah sich um. Neben der Liege einer älteren Frau lagen zwei Krücken, sie schlief, er humpelte los.

Nachdem er unbemerkt vor die Tür der Krankenstation gekommen war, merkte er, dass auch seine linke Schulter verbunden war. Er konnte sich mit sich selbst nicht einigen, welcher Schmerz schlimmer war, versuchte, den linken Arm nicht zum Abstützen zu benutzen, und humpelte voran. Über den Platz der Freiheit. Pflastersteine, auf denen sich das Bild des Todes breit machte, Blut und Haare, Kleiderfetzen. Und überall dazwischen Menschen. Es hörte nicht auf.

Er setzte sich auf einen Grenzstein und versuchte, die letzten Stunden in sein Gedächtnis zurückzuholen. Er sah sich selbst im Keller, vor ihm die Frau. Er sah, wie er in ihr kam, die Brüste losließ und sich umdrehte. »Weitermachen«, hatte er zu dem gesagt, der zufällig vor ihm stand, und den Keller verlassen. Es war ihm egal, ob sie noch immer dort unten waren, noch immer misshandelten. Er war in die Sonne getreten und losgerannt. Mit seinem Maschinengewehr in der Hand, durch den Staub der Straßen und Gassen Kairos. Wie ein Getriebener.

Und was dann?

Er sah Polizisten, eine Masse aus blauen Uniformen hinter dem Panzer. Die Rache für den Tod des Generals. Schüsse, Schreie. Polizisten sackten zu Boden, vereinzelt. Er hörte ein eigentümliches Geräusch. Ein brummendes Zermatschen.

Dann nichts mehr.

*

»Es muss noch einen anderen Weg aufs Dach geben.« Der Versuch Haffners, sein Keuchen zu überspielen, davon abzulenken.

»Wir sind doch nur vier Etagen Treppen gestiegen. Bisschen unfit, was?«

»Ich meine nicht die Fahrstühle.«

»Schon klar. Der Schütze wird, wenn er wirklich von hier geschossen hat, wohl kaum die Treppe genommen haben.«

Ich stellte mich an den Rand des Dachs, die Bibliothekarin blieb nervös an der Tür stehen. Selbst von hier oben konnte ich die Kreideumrisse erkennen.

»Bester Blick«, rief ich, mir wurde schlecht.

»Und sieh her.« Hochhalten einer Patronenhülse. Er hielt sie zwischen zwei Fingern, drehte sie in seiner Latex-Hand und setzte mit der anderen die Lupenbrille auf. All die witzigen Kommentare, die mir einfielen, lagen mir schwer im Magen.

»Jemand soll sich mal angucken, welchen Weg es noch gibt. Ich muss mich jetzt erst mal um unseren Ägypter kümmern.«

»Hm.«

»Ist was damit?«

»Charakteristische Spuren innen. Vom Lauf des Gewehrs. Wenn wir die Waffe finden, können wir nachweisen, dass diese Hülse aus dieser Waffe stammt.«

»Willst du sie suchen gehen?«

Ich war bereits bei der Bibliothekarin angekommen, wollte keine Sekunde länger an diesem Tatort stehen. Meine Augen fingen an zu tränen, ich wollte es auf die Pollen schieben.

Runter ging es mit dem Fahrstuhl, keiner sagte etwas. Die Bibliothekarin drehte nervös die Daumen umeinander und lächelte dünn zum Abschied. Unterdessen war der Verkehr weiter geflossen, es gab nichts mehr zu sehen, der Körper war weg, die Fotos wohl schon längst im Internet. Ich würde es nicht kontrollieren, setzte mich stattdessen an meinen Schreibtisch und zog die Akte aus meiner Tasche, die Dück bei sich gehabt hatte. Ein Sammelsurium aus ausgeschnittenen Zeitungsartikeln. Es waren ausschließlich die, in denen auch sein Name erwähnt wurde. Ich fragte mich kurz, warum er die mit sich herum trug, als ich das Verhörprotokoll entdeckte, von dem ich bisher noch nichts gewusst hatte: Albrecht Dück war selbst noch einmal bei Franka Grundig gewesen. Bei der Sekretärin. Ich blätterte die Computer-Ausdrucke durch, überflog die markierten Stellen und drückte die Kurzwahltaste auf meinem Telefon. »Haffner? Bist du grade sehr beschäftigt?«

»Wie immer.«

»Kannst du trotzdem kurz herkommen?!«

Nur fünf Minuten später ging meine Bürotür auf, Haffner strich sich mit der flachen Hand über seine Fast-Glatze und ließ sich in meinen Besucherstuhl fallen. Die geröteten Augen, ein Zeugnis der mentalen Erschöpfung, ich überlegte kurz, ob er nicht sogar ein wenig abgenommen hatte. Ich verharrte seit Helenes Geburt auf meinen 70 Kilo und würde es wahrscheinlich nicht mal bei mir selbst merken, wenn die Polster kleiner würden. Mein Blick auf andere war schärfer, als der auf mich selbst, ich war im Moment einfach nur da, ein zufällig weibliches Instrument der Ermittlungen. Der Tod meines Chefs hatte mir erneut gezeigt, wie unwichtig ich war. Er ist weg, doch die Arbeit geht weiter. Ein Rädchen im Getriebe fehlt, früher oder später würde es jemand ersetzen. Auch ich war ersetzbar, für die Polizei, die Ermittlungen, den Staat. Nur nicht für meine Familie. Immer stärker suchte ich den Sinn meines Daseins nicht in meinem Wert als Polizistin. Verschob meine Prioritäten auf die Menschen, die mich liebten, vielleicht fielen mir einige Aussagen Franka Grundigs deshalb sofort ins Auge. »Haffner, unser Chef ermittelte ohne uns.«

»Vielleicht wollte er uns bei der nächsten Besprechung einweihen?«, mutmaßte Haffner mit

Blick auf das Verhörprotokoll, das ich ihm unter die Nase geschoben habe.

»Das Verhör hat er schon vor zwei Tagen durchgeführt.«

»Und was willst du mir zeigen?«

»Wie Franka Grundig antwortet. Offenbar hat sie von allem gewusst, und wir sollten das nicht lesen, weil es vielleicht Mohamad Hassan entlastet hätte«, meine Stimme klang erschreckend monoton, als sei ich tief in mir vollkommen überzeugt, dass im Verhörraum der falsche Täter saß. Mein Unterbewusstsein wusste mehr als ich, Thomas Haffner sah mich fragend an.

»Sie wusste offenbar, dass ihr Name für diese Konten verwendet wurde, wusste aber ihren Angaben zufolge nicht, wie viel Geld drauf war, wo es herkam und wo es hinging. Hier lies: ›Ich habe von Hanna Stieg monatlich tausend Euro Schweigegeld bekommen, unversteuert. Außerdem die Aussicht auf Beförderungen und einen direkten Weg nach oben.‹ Sie hat sich also kaufen lassen. Und scheint davon besessen, direkt nach oben zu kommen, wo auch immer das sein soll.«

Haffner kratzte sich am Kopf und zog die Papiere ein wenig näher zu sich heran. Seine Pupillen tanzten über das Papier, die Finger blätterten in den Seiten herum.

»WesTex ist ein Ingenieurbüro, das auch Aufgaben außerhalb Deutschlands übernimmt«, murmelte er lesend vor sich hin. »Was das wohl für Aufgaben sind«, fragte er ohne fragende Intonation. Seine Lippen bewegten sich zu den gelesenen Worten in seinem Kopf, bis er stockte und einen Finger auf das Papier sinken ließ. »Hast du das schon gelesen? Hier«, Tippen auf das Papier, »hat er nach Kalem Ryshad gefragt.«

»Schon vor zwei Tagen? Aber der sitzt doch erst seit heute Morgen hier?!«

»Hier stehts! Guck doch!« Ich stand schnell auf, der Stuhl schabte über den Teppich, Haffner wirkte, als wolle er mehr sagen, Schweigen stattdessen. Ich zog das Protokoll zu mir heran und verstand. Es stand nichts weiter da. »Er hat das Protokoll zensiert.« Hilflose Feststellung. »Hier, sie sagt nur: ›Ja‹. Sie kannte Kalem Ryshad und erzählt uns von Mohamad Hassan.«

»Der Rest fehlt«, sagte ich und schob Haffner das Papier wieder zurück über die Tischplatte zu. Er hatte die Arme vor der Brust verschränkt, sah mit glasigem Blick aus dem Fenster und sagte: »Wir müssen die Aufnahme finden, die zu diesem Protokoll gehört.«

»Oder selbst noch mal mit Franka Grundig sprechen.«

»Ich gehe mich mal in Dücks Büro umsehen.«

Noch während er sprach, war er aufgestanden, hatte eine Hand auf die Türklinke gelegt und kratzte sich mit der anderen am Kopf. »Tu das, ich schau mal auf den Servern.«

Kaum hatte er mein Büro verlassen, öffnete ich das Browserfenster, loggte mich ins Intranet ein und suchte Dücks Server. Passwort geschützt. Natürlich. Ich schrieb mir eine Notiz auf meinen Block und öffnete meine Mails. Heide Büchner von der Gerichtsmedizin. Und eine Mail der Spurensicherung. Fingerabdruck Hassan, stand im Betreff. Ich erinnerte mich an den Abdruck an der Klinke und dem Vergleichsabdruck von Kalem Ryshad und öffnete die Mail.

Nur ein Wort: Übereinstimmung. Der frischeste Fingerabdruck im Büro des Mordopfers gehörte zu einem Mann, der nicht der Gesuchte war, aber genauso aussah wie Mohamad Hassan und während eines zweiten Mordes hier im Präsidium war?

Ich öffnete die zweite Mail, wie immer bei Heide Büchner, ohne Betreff. Sperma-DNA, Zeugen-DNA als Überschrift. Ich scrollte ein Stück, warum schrieb Heide Büchner nur immer so viel, und erstarrte. Übereinstimmung.

*

Mohamad saß noch immer auf dem Grenzstein, als der Colonel, der sich heute Morgen zum General aufgeschwungen hatte, in Zivil, umringt von drei seiner Kollegen, auf ihn zukam. In ihm wuchs der Impuls wegzulaufen. Lächerlich. Wie sollte das gehen?!

Sie bauten sich vor ihm auf, er sah sie nicht an.

»Deserteur.«

»Ich war hier. Bin sogar angeschossen worden.«

»Du solltest aber bei deinen Kollegen sein. Nicht hier.«

»War ich doch. Ich dachte …«

»Du sollst nicht denken, du sollst tun, was man dir sagt. Mitkommen.« Sie packten ihn unter den Achseln, zogen ihn hoch, die Krücken blieben liegen, er hing sich in ihren Griff. So schnell tauschte man Seiten, dachte er, als er auf die Ladefläche des Isuzu gehoben wurde. Die drei Polizisten standen, wie vorhin, der Colonel-General steuerte durch die tiefsten Schlaglöcher.

Bei jeder Erschütterung schlug sein Kopf auf das Metall der Ladefläche. Er lag auf der linken Schulter, stellte sich vor, wie Knochensplitter in ihm bei jedem Schlag ein Stück näher Richtung Herz wanderten. Wünschte sich, einer der Knochensplitter zu sein. In sein Herz zu wandern. Dort musste es hinter den Steinmauern vollkommen sicher sein. Jemand zog an seinen Füßen, er riss den Kopf in die Höhe, grinsende Augen, der Aufschlag auf dem Sandboden brach noch die letzten Knochen in seiner Schulter. Er sah die Rücken seiner Kollegen, zwei von ihnen zogen ihn an jeweils einem Fuß durch den Dreck, er spürte seine Haut auf dem Rücken reißen, spürte jeden Stein und versuchte, sich ganz in sich selbst zu verziehen.

Endlich verblasste die Sonne um ihn herum, er war im Keller, roch Kot und Schweiß, aber auch noch etwas anderes. Sperma vielleicht. Nein, ganz sicher.

Niemand zog ihn mehr, er sah sich um. Die fünf Frauen kauerten noch immer nackt an der Wand.

»Was hat dich an ihnen gestört?« Er konnte nicht antworten. Konnte nicht erzählen von den Bildern in seinem Kopf. Blieb stumm. Fühlte die Blicke der Frauen und Kollegen auf sich. Plötzlich spürte er etwas Kaltes an der Hüfte, hörte Stoff zerreißen und wusste, jetzt war er nackt. Sein Oberschenkel zuckte unkontrolliert, einer der drei, deren Gesichter vor Mohamad zu einem zusammen geschmolzen waren, stützte sein Maschinengewehr auf dem Blutfleck ab. Der Colonel ging um ihn herum, er sah nur noch Schemen, der Schmerz lähmte alles in ihm, er wünschte sich, er wäre schon längst aus dem Fenster gesprungen, und verfluchte sich für seinen Wunsch, durch eine Waffe zu sterben.

»Was sollen wir bloß mit dir machen? Weich geworden, Junge?«

»Nein. Ich wollte einfach lieber auf die Demonstranten schießen.« Lügen unter Folter war tatsächlich gar nicht so schwer. Zumindest zu Beginn.

»So? Ohne Schutzanzug? Hat ja gut geklappt.« Das Gewehr wurde angehoben, um mit Schwung erneut auf seinen Oberschenkel gestoßen zu werden.

»Wer hat dir das hier verbunden?«

»Ich weiß es nicht. Ich war in irgendeiner Krankenstation, glaube ich. Ich kann mich nicht erinnern.«

»So?! Ich aber. Du warst in deren Krankenstation. Warum pflegen Revoluzzer einen Folterknecht, kannst du mir das mal erklären?« Der Stoß seines Knies in Mohamads Magen ließ ihn für einen Moment das Bewusstsein verlieren. Verschwommen kämpfte sein Geist sich zurück an die Oberfläche.

»Hat irgendein Freund von dir dich dahin gebracht?«

»Weiß nicht.«

»Übergelaufen?«

»Ich, ich weiß es wirklich nicht, ich bin eben dort aufgewacht.«

»So, so. Du weißt ja, was wir mit Folterknechten machen, die ihr Land zu verraten versuchen?«

»Ich hab nicht … Ich bin nicht.«

»Weißt du es?« Die Stimme dröhnte in seinen Ohren. Hinter ihm fing eine der Frauen wieder zu weinen an, plötzlich ein Kreischen, dann landete der nackte Körper zitternd auf seinem. Er prustete schwer. Ihre Arme waren auf dem Rücken gefesselt, die Beine waren losgemacht worden, jemand drückte sie ihr auseinander. Er spürte sie auf seinem Penis, ihr Zappeln, Sich-winden und Zittern.

Eine Hand griff ihn, drückte ihn fest und fing an, ihn zu reiben. Es war keine Männerhand, die dünnen Finger wurden durch eine um sie liegende Kraft zusammen gedrückt, er wurde hart, konnte nichts dagegen tun. Die Hand führte ihn zwischen die Beine, er war in ihr, fing unwillkürlich an, sich zu bewegen, zu stoßen, zu stöhnen, vor Schmerz und Lust. Die Frau auf ihm wurde an den Schultern hochgezogen, aufgesetzt, er sah, dass sie weinte, konnte nicht aufhören.

Jemand setzte sich auf seine Oberschenkel, Männerhände griffen von hinten um ihre Brüste, ein erstickter Schrei, ein Stöhnen hinter ihr. Mohamad konnte das Hasch riechen. Sah den

Colonel jetzt breitbeinig über ihm stehen. Den Joint zwischen den Fingern, der Blick schien durch alles hindurch zu sehen. Er aschte ab, auf Mohamads Brust, und öffnete nun auch seine Hose. Sein Griff hielt den Kopf der Frau, zog ihn zu sich heran, sie würgte.

Irgendetwas tropfte auf Mohamads Gesicht, er spürte, dass der Mann hinter ihr gewechselt hatte, hörte das Klicken einer Kamera, Lachen, Würgen, dann kotzte sie. Mohamad schluckte, Lachen um ihn herum, die Frau rollte von ihm weg, er drehte sich um, übergab sich. Kameraklicken, Lachen.

»Und jetzt mach deine Arbeit hier zu Ende, Mohamad Hassan, zwei der Mädels da sind auch keine Jungfrauen mehr. Nur eine. Schändliche Huren.«

»Die ihr aus uns macht!«

Der Schuss dröhnte in dem Keller so laut, dass die Stille danach Mohamad zu zerfressen drohte.

*

»Kalem Ryshad, Sie sind 35 Jahre alt und ägyptischer Staatsbürger. Ist das richtig? Nicht nicken, sagen Sie es bitte laut für die Aufnahme.« Wieder so ein Lehrbuchsatz.

»Ja. Richtig.«

»Wussten Sie, dass Sie in drei Wochen nach Ägypten fliegen werden?«, ich brach direkt mit der Tür ins Haus.

»Was?« Kalem Ryshad klammerte sich an der Cola-Dose fest. Am liebsten hätte ich sie ihm weggenommen. Schon einmal dachte ein Verdächtiger, mir die Zuckerbrause ins Gesicht schütten zu müssen. Wenigstens würde aus der kleinen Öffnung nicht viel heraus spritzen.

»Ihre Aufenthaltsgenehmigung. Auf welcher Basis haben Sie die bekommen?«

»Mit Arbeitsvertrag.«

»Bei wem?«

»WesTex. Ich bin Ingenieur. In Ägypten gibt es keine Arbeit für mich. Aber hier.«

»Auch nicht mehr, denn Sie wurden doch entlassen?!«

»Entlassen? Was? Nein, ich war jetzt Urlaub. Eine Woche noch, dann komme ich wieder …« Stutzen. Urlaub? Lasslos Blick drückte meine Frage aus.

»In der Ausländerbehörde haben sie die Information, dass Sie entlassen wurden. Deshalb wird man Ihren aktuellen Antrag ablehnen.« Langsam tat der Mann mir fast leid, so gut konnte niemand Überraschung und Verzweiflung in einem spielen.

»Aber, das stimmt gar nicht! Frau Stieg war immer freundlich zu mir. Und hat beschwert nie über meine Arbeit. Und Beziehungen zu Behörden in Ägypten und …«

»Welcher Art waren diese Beziehungen?«

»Handel … Frau Stieg hat Baumaterialien, Werkzeug und so zu Ägypten, Libyen und auch zu Syrien verkauft. War auch für Export zuständig. Über mich ging Kontakt.«

Ich schrieb mir seine Aussage stichpunktartig in meinen Notizblock und erinnerte mich an Franka Grundigs Aussage, WesTex übernähme auch Aufgaben im Ausland. Auf Grund der Fotos von Maschinengewehren, die in dem Ordner versteckt waren, zweifelte ich allerdings daran, dass ausschließlich Baumaterialien exportiert werden. Ich kringelte ›Grundigs Konto‹ in meinem Notizblock ein und begann zu ahnen, wo das Geld herkam. Doch die Überlegungen stellte ich zunächst hinten an, dachte an die Spermaspuren von Kalem Ryshad an der Leiche.

»Und welcher Art war Ihre persönliche Beziehung zu Frau Stieg?« Ich lehnte mich auf dem Holzstuhl zurück, Lasslo zog seine Jacke grade rechtzeitig unter meinem Rücken weg und sah mich an. Kopfschütteln. Das alles passierte innerhalb eines Bruchteils vom Moment, in dem Kalem Ryshads Augen sich weiteten.

»Wie meinen das? Sie mochte mich, denke ich. Oder wie?«

»Wie lange sind Sie schon in Leipzig?«

»Zwei Jahre.«

»Sie sprechen wirklich gut Deutsch, haben Sie das erst hier gelernt?«

»Nein, im Studium. Als Ingenieur man lernt Englisch und Deutsch.«.

»Also gab es auch keine Verständigungsprobleme zwischen Ihnen und Frau Stieg?«

»Was soll das? Fragen Sie sie selbst!«

Damit hatte ich nicht gerechnet.

»Sie selbst fragen?«

»Ja, Sie doch wissen, wo …«

»Herr Ryshad, Hanna Stieg ist tot. Ermordet. Deswegen sitzen Sie hier.«

»Tot? Was? Ermordet? Ich, wieso ich?«

»Herr Ryshad, Sie werden das doch aus den Medien erfahren haben?«

»Nein, ich hab keine Fernseher. Ich mag nicht, ich lese Bücher, höre Musik. Gibt immer was zu lernen. Ich bete, gehe in Moschee, ich bin Muslim. Ich darf keine Menschen töten, ich …«

»Und wie erklären Sie sich dann, dass man Ihr Sperma an der Leiche gefunden hat?«

*

Dunkelheit. Drückende Luft, angefüllt mit Gerüchen, ein Mix aus Kot, Urin und Schweiß.

Er versuchte zu atmen, die Lungen wollten sich nicht füllen, wehrten sich gegen den Dreck.

Kalem stöhnte, presste irgendetwas hervor, das ein Ton gewesen sein könnte. Die Haut in seinem Gesicht spannte, als sei irgendwas Klebriges darauf getrocknet. Wahrscheinlich Blut, dachte er und versuchte sich mit den Fingern an die Wange zu fassen. Doch er bewegte sich nicht. Nichts gehorchte ihm.

Plötzlich hörte er hinter sich ein Rasseln, Ketten. Wischen von Haut über Beton, ein leises Atmen.

Er wollte etwas fragen, es ging nicht. Wollte wissen, wo er war. Versuchte zu verstehen.

Sein Körper füllte sich von den Füßen herauf langsam mit Feuer, Stück für Stück kam das Brennen in seine Gliedmaßen. Mit ihm kam immerhin auch das Leben zurück. Seine Hände zuckten, er hatte sie anheben wollen.

»Lebst du echt noch?« Eine Stimme so dünn, hier drin gab es keine Kraft. »Wir dachten, du wärst schon tot. Die würden dich bestimmt hier verwesen lassen.«

Wir? Die? Er fand seine Stimme nicht. Fand kein Licht, keine Gestalt, keine Umrisse. Nur Dunkelheit. Und Schwäche. Und Schmerz.

»Na gut, dass uns wenigstens der zusätzliche Gestank erspart bleibt.« Er glaubte ein zustimmendes Brummen zu hören, die Frauenstimmen flüsterten beinahe unhörbar. Das Feuer in ihm hatte unterdessen seinen Bauchnabel erreicht, alles unterhalb brannte. Ich liege auf einem imaginären Scheiterhaufen. Scheiterhaufen. Das Wort setzte sich fest, in seinem Kopf. Mischte sich mit dem Geräusch fließender Tränen. Irgendwo hinter ihm, kämpften sich Tränen durch den Schmutz über eine Wange und machten dabei unheimlichen Lärm.

»Ich lebe noch«, vielmehr eine Frage. Glück durchflutete seine Gliedmaßen, er wollte lachen. Er lebte noch. Und er hatte Kraft gefunden, irgendwo in seinem Innern, Kraft zum Sprechen. Drei Worte, mehr nicht. Die wichtigsten Worte: »Ich lebe noch.«

*

Während der Sanitäter sich darin vertieft hatte, den Kopfverband bei meinem Kollegen anzulegen, betrachtete ich das Blut, das über Lasslos Gesicht hinabgelaufen war. Er blickte ins Leere, voll auf Droge.

Das zweite Mal Blut eines Kollegen am selben Tag, dieser Fall schien mir zu entgleiten.

Doch wie hätte man mit einem derartigen Wutausbruch rechnen können? Wer hätte geglaubt, dass Kalem Ryshad meine Frage nicht beantworten würde, jedenfalls nicht mit Worten. Ich sah in seine Augen, die sich plötzlich verdunkelten, ein Schleier hatte sich über sein Gesicht gelegt.

Ich wollte die Frage wiederholen. Doch bevor ein Laut zu hören war, war Kalem Ryshad von seinem Stuhl aufgesprungen. So schnell, so kraftvoll. Der Stuhl war nach hinten umgefallen, unkontrolliert, aufgeladen mit Wut und Verzweiflung. Und schon kam er geflogen, der Stuhl. So schnell hatte er ihn über den Kopf gehoben, Lasslo hatte versucht sich auf ihn zu stürzen, plötzlich Blut, Wutschreie, Stürmen des Raumes. Kreischend, fluchend auf Arabisch wurde er aus dem Zimmer gezogen, hatte mir ins Gesicht gespuckt. Ich war erstarrt.

»Wenigstens haben wir jetzt einen Grund, ihn hier zu behalten.« Lasslos Stimme, der Sanitäter lachte, ein aufmunterndes Lachen, ein Es-wird-schon-wieder-Lachen. Geistige Genesung, wünsch ich dir.

»Und was bringt uns das? Sex mit Hanna Stieg ist schließlich keine Straftat, sofern sie noch am Leben war … Das Sperma beweist im Grunde gar nichts. Der Fingerabdruck auch nicht. Dass er im Raum war, beweist ja auch das Sperma. Wenn der Täter Handschuhe trug, hinterließ er auch keine Fingerabdrücke, also könnte der Abdruck auch beweisen, dass er eben nicht der Täter ist. Wir haben keine Mordwaffe. Alle anderen Spuren lassen sich vor Gericht nicht verwenden, sie lassen sich auch anders erklären.«

»Warum rastete der dann so aus, als wir ihn auf den Sex mit dem Mordopfer angesprochen haben?«

»Weil wir einen gläubigen Moslem des vorehelichen Sex überführt haben vielleicht? Dazu noch mit einer sexy Blondine, die seiner Familie vielleicht nicht so passt, so was soll es geben, dass auch eine Weiße ein Problem für eine muslimische Familie sein kann, nicht nur umgekehrt. Außerdem ist sie seine Chefin, viele Gründe, warum er nicht wollen könnte, dass wir davon wissen.«

»Das halte ich für Vorurteile. Vielleicht kommt er aus einer moderaten Familie, die ihre Kinder in erster Linie glücklich sehen will, nicht unbedingt zwangsverheiratet?« Lasslo sah mich unter der Mullbinde hervor an, unsere Bilder der arabischen Welt waberten auseinander, fielen zusammen.

»Er ist ein Mann«, gab ich trotzig zur Antwort.

»Ich finde nicht, dass das sein Ausrasten erklärt. Hast du gesehen, wie sich sein Gesicht veränderte, bevor er losgelegt hat? Als sei irgend ein Schalter umgelegt worden.«

»Als Außenstehender sollte man Ihnen wohl nicht unbedingt genau zuhören, was?« Lachen und Kopfschütteln des Sanitäters.

»Seien Sie ruhig, bitte«, herrschte ich den Mann an. Der Sanitäter öffnete den Mund, sagte dann aber doch nichts. Stattdessen ließ er die Hände sinken und klappte seinen Verbandskoffer zu.

»Schon weg, die Herrschaften.«

Jetzt muss ich mich auch noch mit einem schlechten Gewissen herumschlagen. Lasslo sah mich an. »Ich hab Kopfschmerzen.«

»Ich auch.«

»Deine Nase läuft, Chefin.«

»Ja, danke dafür. Verscheuche lieber die Pollen, statt das Ergebnis ihres Flugs zu belächeln.« Ich tat, als wolle ich ihm eins über die Rübe ziehen, er zog den Kopf weg und lachte, auf Morphin. Ich konnte nicht einstimmen. Mir wurde das alles zu viel, ich hatte keine Erklärung für nichts, den Kopf voller Zweifel, Waffen und Tod. Hinter diesen Morden stand keine einzelne Person. Doch was hatte Dück damit zu tun? Warum musste er sterben? Ich spürte die Tränen in meinen Augen. Tränen der Erschöpfung. Ich konnte nicht mehr klar denken.

»Vielleicht wollte jemand mit dem zweiten Mord Kalem Ryshad decken. Ihn wieder rausholen.« Lasslo hatte aufgehört zu lachen. Gar kein dummer Gedanke, ging es mir durch den Kopf.

»Möglich. Aber warum?«

»Haben wir nicht mal überlegt, ob wir es hier mit Zwillingen zu tun haben?«

»Du meinst …?«

»Ja, vielleicht läuft Mohamad Hassan, oder wie immer er tatsächlich heißt, noch frei herum, und wir haben seinen Bruder im Verhörraum sitzen.« Achselzucken. Diese Tabletten brauch ich auch.

»Vielleicht war Kalem Ryshad ein Köder. Wir sollten ihn finden, damit er dann durch den Mord an Dück als unschuldig erkannt wird und wir die Suche nach dem Moslem-Mörder abbrechen.«

Lasslo grinste, nickte.

»Kollege, immer wieder scheint sich zu bestätigen, ein Schlag auf den Hinterkopf erhöht das Denkvermögen.«

*

Mohamad saß auf einem weißen Plastikstuhl, mitten im Raum. Einen guten Meter hinter dem Tisch, auf dem der neue General, der sich selbst dazu gemacht hatte, seine Papiere ausbreitete. Die Situation erinnerte ihn an ein Verhör, die beiden Kollegen hinter ihm, neben der Tür, verstärkten diesen Eindruck. Dann lächelte der General.

»Wieder zu Kräften gekommen, Mohamad Hassan?« Antworten durch ein zögerliches Nicken, er versuchte irgendetwas auf den Papieren zu lesen, sah ein Foto von sich. Einen Pass. Dokumente.

»Schön. Warst ja ordentlich getroffen worden, da an deinem Bein. Nun gut. Die Aufstände sind erst mal vorbei, gute Arbeit, Mubarak hat jetzt eine andere Aufgabe für dich.« Er hörte ein Räuspern hinter sich. Konnte kaum glauben, was er hörte. Er spürte Leere in sich, Hoffnungslosigkeit, Traurigkeit. Warum, wusste er nicht. Er wurde nicht gefoltert, entlassen, ermordet. Es ging einfach weiter, das machte ihn traurig.

Er konnte nicht wissen, dass der General log. Die letzten zwei Monate hatte er halb bewusstlos, abgeschottet von allem verbracht, er konnte nicht wissen, wie es um Ägypten stand: Dass es keinen Mubarak mehr gab, der ihm Aufgaben hätte zuweisen können. Wie hätte er ahnen sollen, dass die Revolution gesiegt, das Regime zur Flucht getrieben und Mubarak ins Gefängnis verbannt hatte?

Er saß hier in einem Betonkäfig, musste glauben, was man ihm sagte und füllte sich mit Hoffnungslosigkeit.

»Du weißt, wir bekommen Waffen aus Europa. Dafür brauchen wir einen Händler vor Ort. Der Mann in Deutschland ist vergangene Woche, ähm, ausgestiegen. Aus Versehen. Jedenfalls wirst du das nun übernehmen. Du sprichst Deutsch, hier ist dein Arbeitsvertrag. Du musst dort als Mohamad nichts weiter tun, als die Schnauze zu halten und dafür zu sorgen, dass WesTex weiter liefert und keine Zicken macht, verstanden?«

Er blieb stumm, meinte zu träumen. Starrte auf das Papier vor sich, die lateinischen Buchstaben, und war beinahe überrascht, dass er sie lesen konnte. Jedes Wort, er verstand diese Sprache, las die Adresse. Leipzig. Nie gehört.

»Verstanden?« Gebrüll riss ihn aus den Gedanken. Nicken, euphorisches Nicken, das musste ein Traum sein.

»Neu kommt hinzu, dass Waffen nun auch nach Tripolis geliefert werden. Gaddafi hat plötzlich auch lauter Mistkäfer im Land.« Wieder Nicken.

Wortlos stand der General vom Stuhl auf, stützte sich mit ausgestreckten Armen auf der Tischplatte ab und sah Mohamad in die Augen. Durch die komplett schwarze Sonnenbrille hindurch. Um den Hals legten sich die Glieder einer Goldkette.

»Wenn ich auch nur eine Lieferung durch dein Versagen verliere, verliere ich auch dich, kapiert?« Spucken. Mohamad spürte die warme Schmiere im Gesicht, wollte mit dem Handrücken drüber wischen. Das Klatschen der flachen Hand auf den Tisch ließ ihn zurückzucken.

»Die Papiere hier hat Ägypten für dich bezahlt. Du bist nur ein kleiner Käfer in einer Horde Elefanten. Merk dir das, sonst wirst du zerquetscht. Ägypten kann dir jedes Diplom der Welt schneller wegnehmen, als du Pieps sagen kannst.«

*

Mein Schreibtisch schien sich über mich lustig zu machen. Die Ordnung darauf stand in krassem Gegensatz zur Unordnung in meinem Kopf. Ich schob wahllos ein paar Zeitungsseiten herum, lachte mich selbst aus im Angesicht meiner Hilflosigkeit. Stand auf, lief um meinen Schreibtisch herum und blieb vor dem Spiegel stehen. War das wirklich ich? Meine Haut so weiß, als fließe gar kein Blut hindurch, die Nasenflügel feuerrot, die Augen tränten.

Der Heuschnupfen war irgendwo nach hinten gerutscht, weit weg in meinem Kopf, raus aus dem Bewusstsein, weg mit dem Problem. Ich zog eine Schublade meines Schreibtisches auf, fand die kleinen blauen Pillen und nahm gleich zwei, vielleicht hilft es ja was. Wein zu trinken wäre jetzt wohl die schlechteste Idee.

»Gedankenübertragung?« Lautes Vor-mich-hin-Sprechen, ich sah auf mein Smartphone, schaute das Foto von David einen Moment an, bevor ich antwortete.

»Geht es dir gut?« Diese weiche Stimme. Ich konnte mir seine leicht zusammengekniffenen grünen Augen vorstellen, der sorgende Blick.

»Nein.«

»Soll ich dich mal besuchen kommen, Charlotte?«

»Geht schon.«

»Wisst ihr schon was wegen Dück?«

»Fragst du aus Sorge oder für deinen Chef?«

Stille. Ich konnte seinen Atem hören.

»Sei mir nicht böse, Charlotte. Aber ich mache mir wirklich Sorgen. Und meinen Job.«

»Schon gut, ich schicke dir gleich was als Mail, das hast dann nur du. Aber erst mal wissen wir nichts. Nur, dass mein Chef tot ist und wir dem völlig hilflos gegenüberstehen.«

»Ruf mich an, wenn ich dich doch besuchen kommen soll.«

Ein Kuss durch die Leitung, Ziel erreicht, ich kann es ihm nicht verdenken. Er macht nur seine Arbeit. So wie ich.

Ausgenutzt kam ich mir trotzdem vor. Doch vor allem hilflos.

Ich setzte mich in meinen Schreibtischsessel, versank in der Polsterung und schloss die Augen. Bilder tanzten vor mir, Worte vermengten sich, Fakten an Fäden baumelten lose herum, wollten nicht zueinander finden.

Wie ähnlich ist die DNA von Zwillingen? Kann es sein, dass das Sperma doch zu Mohamad Hassan gehört und nicht zu Kalem Ryshad? Warum hätten diese Zwillinge verschiedene Familiennamen? Die einfachste Möglichkeit herauszufinden, ob es Mohamad Hassan gab, war doch die Ausländerbehörde. Nicht schon wieder. Ich nahm mir vor einen Kollegen damit zu beauftragen und schob den Gedanken in meinem Hirn auf den Berg ungelöster Fragen. Ganz oben auf lag die Frage, ob WesTex nicht nur mit Baumaterialien, sondern auch mit Waffen handelte.

Einem plötzlichen Impuls folgend startete ich mein Notebook, tippte mechanisch das Passwort ein und nahm die Wärme in mir auf, die das Foto von Jacob und Helene auf dem Desktop in mir auslöste. Nur Sekunden später öffnete sich die Mail-Box-Benachrichtigung. Eine Mail an mich und Haffner, von Jonas Großmann, dem Polizeipsychologen. Fotografieren, stand im Betreff. Ich erinnerte mich, die Idee, der Täter habe die Leiche fotografiert.

Der Psychologe hatte einen viel zu langen Text geschrieben, mir fehlten die Nerven all das zu lesen. Ich überflog die Worte Nekrophilie und psychische Störung und landete beim letzten kurzen Absatz. Auftragsmord. »Immer öfter kommt es vor, dass Auftragsmörder Fotos von ihren Opfern machen. Nicht unbedingt aus morbider Begeisterung, sondern schlicht als Beweismittel gegenüber dem Auftraggeber.«

Dieser letzte Satz war bei Weitem nicht so ausführlich erklärt, wie alle Vermutungen vorher, wahrscheinlich machte ihn grade das für mich am wahrscheinlichsten. Der Mörder brauchte einen Beweis. Für jemanden, der keinen Zugang zu deutschen Medien hat. Ägyptern zum Beispiel. Da rückten die Waffen immer stärker in mein Blickfeld. Illegaler Waffenhandel nach Ägypten, der über Hanna Stieg und WesTex läuft. Vielleicht wollte sie aussteigen, hatte sie sich nicht vor Kurzem von Leander Lore getrennt, wollte ihr Leben ändern? War verliebt in Kalem Ryshad, einen Ägypter, der ihr vom Elend erzählte, das ihre Waffen auslösten, in seinem Heimatland und hatte entschieden, damit aufzuhören? Und jemand, für den sie als Marionette gedient hatte, hatte sie beseitigen lassen, um seine Strukturen nicht zu gefährden. Wir suchten keinen Mörder, sondern ein korruptes System, zu dem vielleicht sogar mein eigener Chef gehörte.

*

Kalem Ryshad las die Sicherheitsinstruktionen der Lufthansa auf Deutsch. Französisch, Englisch oder Arabisch gab es auch, doch schließlich war er auf dem Weg nach Deutschland. Seit dem Sturz Mubaraks, von dem er erst gestern in der Zeitung gelesen hatte, hatte sich nicht viel verändert. Oder er hatte einfach nicht viel mitbekommen. Das Militär war nun der Chef. Hatte das Sagen, schwang die Waffen. Meinungsfreiheit war immer noch selten, Ausgangssperren und der immer noch andauernde Ausnahmezustand ließen ihn fühlen, als sei gar nichts passiert. Dabei war viel passiert. Schließlich saß er hier, in diesem Flugzeug der deutschen Lufthansa, auf dem Weg nach Deutschland. Frankfurt am Main, von dort weiter nach Leipzig, wo eine Frau auf ihn wartete. Eine Chefin. Er als Mann kam in eine Firma, die Beziehungen und Handel in die ganze Welt unterhielt, deren Repräsentantin eine Frau ist. Undenkbar in seinem Land. Aber genau das wollte er auch für sein Land.

Er war erfüllt von Zweifeln, aber vor allem, von

Hoffnung. Seine Bemühungen, in seinem Heimatland Arbeit zu finden, wurden nun belohnt. WesTex suchte explizit im arabischen Ausland nach Ingenieuren, Fachkräftemangel hieß das. Und er hatte den Vertrag bekommen. Einen von nur zwei vergebenen Verträgen. Sie hatten ihn gewählt. Und er saß nun hier. Auf dem Weg in ein neues Leben. Im Gepäck die Hoffnung, sein altes endlich hinter sich lassen zu können, vergessen zu können. Die einsamen Tage in seinem staubigen Studentenzimmer. Die Tränen, die er um seine Eltern weinen musste. Vielleicht würden sie irgendwann trocknen. Vielleicht wurde sein Vater, im Himmel bei Allah für sein Leben belohnt, musste nicht mehr betteln. In hungrige Kinderaugen blicken. Vielleicht konnte seine Mutter endlich glücklich sein. Hoffentlich spürten sie dort, wo sie waren, was er geschafft hatte. Dass er gekämpft hatte. Für seine Rechte, deren Rechte, aber vor allem ihre Rechte, die Rechte seiner Eltern, die von irgendwo auf ihn herabsahen. Denn das System war es, das sie in den Tod getrieben hatte. Es hatte sie verhungern lassen, eiskalt. Zwei gesetzestreue Bürger, sie waren zu gesetzestreu für dieses Land, das er nun verließ. Ohne seine toten Eltern, ohne sie, seine tote Freundin. Er sah aus dem kleinen Fenster auf den Asphalt der Rollbahn, der mit einem Mal zum Betonboden der Uni in Alexandria wurde. Alle Menschen, die dort herumliefen, verwandelten sich in sie. In Andra, seine Freundin. Zukünftige Frau. Seine Liebe. Überall sah er Andra, als wolle Allah ihm nachträglich den Abschied von ihr erlauben. Unter den Polizeistiefeln, unter denen sie gestorben war, war kein Abschied möglich gewesen. Ein Grab hatte man ihr nicht gegönnt. Nichts hatte man ihr gegönnt. Sie war Rechtelos. Ein Mensch, ohne Menschenrechte, weil sie eine unverheiratete Frau war.

Kalem versuchte, sich von ihr zu verabschieden, als sich die Maschine plötzlich mit einem Ruck in Bewegung setzte. Der Moment war vorbei, er sah hinter dem Fenster nichts mehr. Nur Asphalt und verdörrtes Gras. Andra war weg, Ägypten war weg. Vor ihm lag Leipzig, eine Zukunft, die die Menschen, die er zurück ließ, nie hatten.

*

Mein Finger auf Franka Grundigs Klingel verharrte, ich wunderte mich über mein Zögern. Vielleicht sollte ich doch erst Dücks zensierte Aufnahme finden? Haffner hatte sich noch nicht gemeldet, das Passwort kannte nur Albrecht Dück selbst, also drückte ich auf die Klingel.

Meine linke Hand glitt in meine Tasche, fühlte den Umschlag mit den Fotos darin, als Franka Grundigs Stimme durch den Lautsprecher tönte.

»Charlotte Petzold, Kriminalpo …«

»Kommen Sie rein«, der Summer ertönte, mit der Schulter drückte ich die Haustür auf. Die Sekretärin stand bereits in der offenen Wohnungstür und zeigte so etwas wie ein Lächeln. Die blonden Haare hatte sie in einen lockeren Zopf gebunden, das Gesicht jugendlich geschminkt. Im Make-up jedoch zeichneten sich furchige Falten ab, ihre Hand hing in der Luft, ich ergriff sie.

»Guten Abend, Frau Grundig.« Wortloses Zur-Seite-Treten, ich streifte meine Schuhe am Abtreter ab und stand im Flur. Alle Türen waren geschlossen, bis sie die zur Küche aufdrückte.

»Wollen Sie etwas trinken, Frau Kommissarin?«

Ich setzte mich auf einen der Stühle, das Ziehen über die Fliesen ging beinahe geräuschlos. »Kaffee?«, nur ein kurzes Stutzen, ein flüchtiger Blick auf die Uhr, dann stellte sie eine Tasse unter ihren Vollautomaten. Ich schickte ein »Cappuccino« hinterher, als ich die Taste entdeckte, und sah mich um. Der Raum war gelb gestrichen, eine weinrote Bordüre teilte die Decke von der Wand. Die Möbel sahen neu aus, die Geräte teuer. Das Radio schickte die Musik an Funkboxen in der gesamten Wohnung, die Tasse, die nun vor mir stand, passte farblich zu den Möbeln.

»Vielen Dank, Frau Grundig.«

»Wie kann ich Ihnen noch helfen? Ich hatte Ihrem Kollegen schon alles erzählt, was ich weiß.« Sie setzte sich mir gegenüber, stützte ihr Kinn in die Handflächen.

»Ich hätte noch eine Frage zur Firma WesTex. Selbst nach der Durchsicht ihrer Vorgänge ist mir nicht ganz klar, was genau WesTex tut.«

»Nicht? Dann haben Sie vielleicht die falschen Ordner durchgesehen.« Die verstörte Frau aus dem Krankenhauszimmer war endgültig verschwunden, ziemlich schnell schien Franka Grundig den Anblick ihrer toten Chefin verwunden zu haben.

»Erklären Sie es mir doch einfach noch mal, Frau Grundig.«

»Wir realisieren Ingenieurarbeiten im In- und Ausland, außerdem exportiert WesTex Verschiedenes in den arabischen Raum und ins subsaharische Afrika. Also alles unterhalb der Sahara.«

»Ja, danke, das dachte ich mir. Und was genau exportiert WesTex? Und welche Rolle hatte Hanna Stieg dabei inne?«

»Baumaterialien, Metalle, alles, was auf Baustellen benötigt wird, um die Arbeit durchzuführen, die durchgeführt werden soll.«

Ich zog meinen Löffel durch den Milchschaum, der sich langsam dunkler färbte.

»Und Frau Stieg war das Gesicht der Firma. Die blonde Vorzeigefrau, die auf ihre spezielle Art für die Firma wichtige Aufträge an Land gezogen hat. Sie hat auch alle möglichen Kritiker besänftigt und auch sonst WesTex repräsentiert.«

»Sie kennen Kalem Ryshad?!«

»Ja. Von ihm habe ich Ihrem Kollegen erzählt.«

»Was haben Sie genau Hauptkommissar Albrecht Dück erzählt?«

»Das sollten Sie …«

»Sagen Sie es mir bitte einfach noch ein mal.«

»Ich habe beim Aktenordnen einen zweiten Arbeitsvertrag für einen ägyptischen Ingenieur gefunden. Obwohl ich nur von Mohamad Hassan wusste. Drauf war das gleiche Foto, wie auf Hassans Vertrag. Die gleiche Leipziger Adresse, das gleiche Geburtsdatum.«

»Ein Zwilling?«

»Dachte ich zuerst auch, aber ich kannte ja als Person nur Mohamad Hassan. Es gab keinen zweiten Ägypter bei WesTex. Nur auf dem Papier.«

Ich rührte in meinem Cappuccino, ließ einen Gedanken in mir aufkeimen, den ich jedoch für mich behielt. Der Milchschaum war bereits kalt, ich leckte ihn trotzdem von meinem Löffel.

Franka Grundig klopfte mit den Plastikfingernägeln auf die Tischplatte, sah mich direkt an. »Haben Sie beim Unterlagenordnen noch etwas gefunden, Frau Grundig?«

»Wie meinen Sie das?«

»Kontoauszüge, illegale Verträge, Fotos von Waffen?«

»Bitte was?« In ihren Augen tanzten Wissen und Angst.

»Sie haben mich schon verstanden, Frau Grundig.«

»Ich weiß von nichts.«

»Von dem Konto, das auf Ihren Namen läuft, wussten Sie beim Gespräch mit Albrecht Dück aber schon.«

Sie strich sich mit den Fingern der rechten Hand fest über die der linken, drehte einen goldenen Ring, sagte nichts. Ihr Mund, ein dünner Strich, absurd betont durch rotes Lipgloss.

»Wussten Sie auch von den Waffenverträgen, die über Ihren Namen mit der ägyptischen Polizei geschlossen wurden?«

»Das ist eine Lüge!« Schrille Hysterie, mein Bluff funktionierte, Franka Grundig suchte nach Lügen. Ich sah die Wirkung meines Stichs ins Wespennest.

»Wir haben in Hanna Stiegs Büro in den Ordnern …«

»Das ist unmöglich!«

Ich lehnte mich wieder an die Lehne zurück, verschränkte die Arme vor der Brust und beobachtete die Sekretärin, es arbeitete in ihr, mit dem, was dann kam, war zu rechnen: »Ich möchte, dass Sie jetzt gehen.«

»Leben Sie eigentlich allein hier, Frau Grundig?« Sinkenlassen der Arme, ich schob meinen Zeigefinger in den Henkel meiner Tasse, machte keine Anstalten, irgendwohin zu gehen. Sie entspannte ihre Schultern, ihr Körper wirkte wie ein auf dem Kopf stehendes »u« mit Kopf. Ihre Lippen blieben zu Strichen gepresst, dennoch formten sie wieder angestrengt Worte. »Allein. Ich brauche keinen Mann, ich kann für mich alleine sorgen.«

»Das glaube ich Ihnen. Erlauben Sie mir noch eine Frage?«

»Versuchen Sies mal.«

»Wussten Sie von den Waffen, die WesTex exportiert hat? War Mohamad Hassan dafür nach Leipzig gekommen?«

»Ich denke schon. Vor ihm waren schon drei andere Araber bei WesTex. Warum sie gegangen sind, weiß ich nicht, ausgetauscht wurden sie alle. Jetzt ist es wohl wieder so weit gewesen.«

»Vielen Dank, Frau Grundig.« Ich kippte mir den Rest vom kalten Cappuccino in den Magen, hielt ihr dieses Mal meine Hand hin, die sie viel zu sanft ergriff.

Langsam meinte ich Konturen des Falls zu erkennen. In mir hatte die Wut die Trauer überlagert. Albrecht Dück wusste von all dem, da war ich mir sicher, nur wie viel? Zu viel? Musste er deswegen weg? Das Gefühl der Hilflosigkeit war größer als ich selbst, als ich wieder in meinem Büro saß und Mario Lasslo zu mir geholt hatte. Warum hatte Dück die Information über den zweiten Arbeitsvertrag für Kalem Ryshad im Verhörsprotokoll gestrichen?

»Lasslo! Verflucht, hör auf, auf der Maschine herum zu tippen!«

»Mensch Charlotte, dann hilf mir doch mal. Wie geht denn das hier?«

»Du bist echt der einzige Mensch auf der Welt, der nicht weiß, wie man eine Pad-Maschine bedient.«

»Von mir aus. Zeigs mir einfach.«

Ich stand auf, versuchte den Blick in den Spiegel zu vermeiden und öffnete das Fach, in dem das gebrauchte Pad steckte. Die Schnelligkeit und Leichtigkeit mit der ich das tat, schien Lasslo zu verärgern, doch irgendwie schien uns alles zu verärgern. Selbst sein Kopfverband, in den er seine Sonnenbrille geschoben hatte, ärgerte mich. Seine Finger, die geräuschvoll über die Mullbinde kratzten, ärgerten mich, selbst das Tropfen des Kaffees in die Tasse machte unerträglichen Lärm. Migräne. Mein Arzt hatte erklärt, ich habe Migräne. Die werde durch Stress, Rotwein und Übergewicht ausgelöst. Mein Blick muss ihn getötet haben, denn plötzlich war er verstummt, um haspelnd hinzuzufügen: »Nicht unbedingt nur zusammen. Auch einzeln. Also. Nun ja, Sie sind nicht übergewichtig. Bei Ihnen reicht wohl schon allein das Pensum an Stress.«

Und Rotwein, hatte ich bei mir gedacht und mir mal wieder vorgenommen, weniger zu trinken. Nur, um den Vorsatz schon auf dem Nachhauseweg wieder zu verwerfen. Lasslos Blick holte mich zurück ins Büro, selbst der schien mir in den Schläfen zu schmerzen.

»Mein Gott, ich glaube, meine Kopfschmerzen sind stärker als deine.«

»Du hast ja auch kein Morphium bekommen, oder?«

»Mein Morphium ist rot und wird in Flaschen geliefert.«

»Ich glaube, weder dein noch mein Morphium sind besonders geeignet, um im Dienst eingesetzt zu werden.«

Ich sah den Kollegen an, er nippte an seiner Tasse und sah ziellos über den Rand. Sein Schlürfen gab mir den Rest, ich ließ mich in meinen

Sessel fallen und drückte die Hände auf die Ohren. Ein Gebräu aus Müdigkeit, Hunger und Wut schwappte in meinem Magen gegen die Wände, wurde angefüllt von Stress und Schmerz und drohte, überzulaufen. Lasslo setzte sich mir gegenüber.

»Vielleicht sollten wir bis morgen Pause machen.«

»Vielleicht.«

»Oder wir fangen mal an, alles, was wir bis jetzt haben, zu systematisieren.«

»Systematik ist immer gut.«

»Begeisterung klingt anders.«

»Hm.« Das Klingeln des Telefons unterbrach meinen Versuch mich zu entscheiden. Durch den Hörer tanzte die Stimme meiner Tochter.

»Helene, mein Schatz.«

»Kommst du nach Hause, Mami?«

Im Hintergrund die gleiche Frage aus dem Mund meines Sohnes, ein seltener gewordenes Glück, all der Stress in mir fiel wie ein Kartenhaus zusammen, die Trümmer legten sich schwer in meinen Magen.

»Ich komme jetzt nach Hause, Helene.«

»Ich liebe dich, Mami.« Der Ruf von Jacob: »Ich dich auch.« Ich glaubte, Davids Stimme zu hören, die des Kindermädchens drängte sich nun vor alle anderen. »Ich bin auf dem Weg, Stefanie. Wenn ich da bin, können Sie Feierabend machen.«

»Danke, Frau Petzold, aber es ist doch erst fünf?!«

»Ja, ich weiß.«

*

Eine Nacht im Hotel. Die erste Nacht in seinem Leben, die er in einem Hotel schlief. Gewesen war er dort schon hundertfach, als Angestellter. Kofferträger, Kellner, Küchenhilfe. Deutsche Touristen fläzten mit ihren wuchtigen Körpern in der Hotellobby, gern auch zu fünft, und warteten darauf, dass der 13-jährige Angestellte ihre Koffer hinter ihnen her ins Zimmer trug. Schließlich hatten sie auch dafür bezahlt. Er nahm jeden Piaster Trinkgeld, brachte ihn zu seinen Eltern nach Hause und kassierte Schläge von seinem verstümmelten Vater, weil es zu wenige waren. Immer neue Touristen an immer neuen Tagen labten sich an ihrer Großzügigkeit, dem kleinen Jungen eine blinkende Münze gegeben zu haben, während er wusste, dafür gab es nicht mal zwei Körner Reis.

Was wissen die schon, die Urlauber, die glauben, mit ihrem Geld unser Land am Leben zu erhalten, Wohltäter zu sein, weil sie sich dazu herablassen, an unseren Stränden Urlaub zu machen. Sich den Hintern pudern zu lassen, von Menschen, die selbst am Meer wohnen, aber nie darin schwimmen, dachte er. Das war nicht gern gesehen, von den ägyptischen Behörden, der Strand war für die zahlenden Touristen da, Einheimische waren grade gut genug fürs Urlaubsfotopanorama. Nun also stand er in der Lobby des Frankfurter Hotels. Niemand kam, um ihm seine Koffer abzunehmen. Die Damen hinter dem Rezeptionstresen schienen mehr damit beschäftigt, dass ihre Blusen ordentlich saßen, als dass die Gäste ordentlich in ihre Zimmer kamen. Irgendwann kam er schließlich doch an, viel zu viel Platz gab es für ihn hier. Zwei Betten, ein Fernseher, das einzige, was ihn daran interessierte: »Läuft hier Al Jazeera?« Die gemeißelt lächelnde Dame war schon fast aus der Tür, rief ein »Hier gibts Kabel!« in den Raum und zog dann die Tür zu. Zurück blieb ein blumiger Duft, ein Gefühl von Einsamkeit und der Wunsch nach einem warmen Körper, der sich neben ihn in das viel zu große Bett legen würde.

*

David war doch noch nicht zu Hause, als ich den Schlüssel ins Türschloss steckte. Der wohl beschissenste Tag des Jahres ging wie ein wundervoller zu Ende, als meine Tochter durch den Flur auf mich zugerannt kam. Ihr Lachen, ihre Stimme, schafften es, dass ich loslassen konnte. Weg von der Angst, nur einen Moment. Nur so wurde mir bewusst, dass sie überhaupt da war, die Angst. Die Angst, die nächste zu sein. Ich spürte meine Hände zittern, drückte sie fester auf den Rücken meiner kleinen Helene und genoss ihre Erwiderung. Jacob stand im Türrahmen und sah uns zu. Seine Miene wirkte starr.

»Wir haben es in den Nachrichten gehört, Mama.« Seine Stimme dünn wie seine Gestalt. Ich blickte Stefanie an, die zog die Schultern hoch.

»Bist du deswegen schon da? Weil du dich vor dem Polizistenmörder verstecken musst?«

»Polizistenmörder? Ach Jacob! Wo hast du so was her? Ich bin nach Hause gekommen, weil ich euch vermisst habe. Weil es heute nichts mehr zu tun gibt.« Der Blick unsicher. Erschreckend, was ein Zehnjähriger alles mitkriegt, dachte ich, stemmte mich aus meiner Hocke hoch. Helene auf dem Arm, sie hatte ihren Kopf an meinem Hals vergraben, ihre dunkelblonden Locken legten sich weich auf meine Haut.

Als David schließlich nach Hause kam, lag ich bei Helene im Bett, ihre kleinen Arme fest um meinen Hals geschlungen, und schlief. Träumte nichts, fühlte nichts, wollte nichts.

*

Mohamads erster Arbeitstag bei WesTex offenbarte ihm nichts, denn er versuchte, nichts zu sehen. Keine Waffen, keine Munition. All das kannte er zu gut, hatte er viel zu oft in den Fingern gehabt, benutzt, missbraucht, zu hassen gelernt. Nun lagen sie erneut vor ihm, die Waffen. Auf Fotos, immerhin. Echte bekam er hier nicht in die Finger. Darum verstand er nicht recht, was er hier tun sollte. Es gab niemanden zu foltern, niemanden zu exekutieren. Verfolgen, verhaften, quälen. Nichts, was ihn als Mohamad Hassan beschäftigen könnte. Er hatte Angst. Angst davor, anzufangen zu denken. Zu hinterfragen. Er wollte nicht denken, hatte sich neu eingerichtet in seiner Gefühllosigkeit. Wollte tun, was Mohamad Hassan tat, spürte, dass er anfing zu vergessen, wer Mohamad Hassan war. Was Mohamad Hassan nicht war. Ein Name. Eine Hülle, die ihn umgeben hatte. Ein Nebel, durch den seine eigentliche Person nicht hinausfand. Undurchsichtiger Smog, das war Mohamad Hassan. Er sah nur, was direkt vor seinen Augen stattfand. Unter seinen Händen, Füßen. Bloß nicht in seinem Herzen.

Er saß an seinem Arbeitsplatz, vor ihm stand eine Tasse Kaffee, vor seinem inneren Auge blitzte plötzlich das Bild einer Frau auf, die zwischen Kaffeepflanzen über eine Plantage ging, die Früchte sanft mit den Fingern berührte und das Gesicht zur Sonne wendete. Kaffee. Ja, irgendwann war er in Äthiopien gewesen. Er war noch sehr klein, ein Junge. Der Geruch des Kaffees löste in ihm einen Stein, er fiel in seinem Kopf herab, öffnete einen schmalen Spalt auf dieses Bild. Die Frau, das fühlte er plötzlich, war seine Mutter. Die Tochter eines Farmers, die sich verabschiedete von ihrer Jugend. In der Hoffnung auf ein besseres Leben, mit Mann und Kind in der ägyptischen Großstadt. Die Hoffnung, die so bitter enttäuscht werden würde. Mohamad sah seine Mutter durch die Plantage schreiten und legte mit geschlossenen Augen seine Finger um die Kaffeetasse vor ihm auf dem Tisch. Vielleicht glaubte er, sich an ihr festhalten zu müssen, die Augen blieben geschlossen, er klammerte sich an das Bild, doch irgendwann löste es sich auf, in ihm, verteilte sich auf seine anderen Erinnerungen und gab ihm die Gewissheit, zu sein. Was auch immer er war, irgendwann war er ein mal ein kleiner unbeschwerter Junge gewesen. Ein glücklicher Junge. Vielleicht waren sie irgendwo falsch abgebogen, vielleicht war er auch einfach nur auf dem falschen Kontinent geboren.

Sicher war nur eins: Heute ist er Mohamad Hassan, ein gefühlloser Folterknecht ohne Identität. Doch der kleine Junge war irgendwo. Nur seine Mutter, da war er sich ganz sicher, war tot.

*

Ich spürte eine kleine Hand am Hals, so weich, es konnte nur Helenes sein. Doch geweckt hatte mich eine andere Hand, sie lag auf meinem Po, schwer und kräftig ruhte sie auf mir.

»Charlotte.« Seine Stimme kroch in mein Ohr. Öffnen der Augen, Sonnenlicht aus dem Blickfeld blinzeln. Sein Lächeln, seine Augen, war er nackt?

»Ich bin wach, ist es schon Morgen?«

»Ist es, Charlotte.« Ziehen an meiner Hand, ich setzte mich auf, Helenes Hand fiel aufs Laken. Ich genoss seine Berührungen, als wir in unserem Bett lagen, Massage, Küsse, Zärtlichkeiten.

Als das Kindermädchen den Schlüssel ins Schloss schob, lagen wir noch immer eng umschlungen zwischen den Decken. Sie hatte sich abgewöhnt, zu rufen, dass sie da war, irgendwo hinein zu schauen, wo die Kinder sicher nicht waren. Also blieben wir liegen, ich atmete David, ließ mich von seinem Geruch einhüllen.

Das Klingeln des Handys schob ich in meinen Traum, irgendwas zwischen Straßenbahnschrillen und Kinderlied, aber es klappte nicht. David löste sich von mir, seine Augen fast noch zu, sah er mich an. Rollte sich zur Seite, blieb liegen in den Strahlen der ersten Sonne. Ganz langsam fand ich zurück in meine Wohnung, dieses Zimmer, meine Welt und verfluchte es sofort. Das Bild von Albrecht Dück überrollte mich, schlug mir ins Gesicht. Als wollte er sagen: Du hast deinen Scheißspaß, ich bin tot. Beim zweiten Versuch des Anrufers nahm ich das Klingeln auch endlich als solches wahr, sah aufs Display und war bei der Arbeit: Lasslo.

»Siehst du, anrufen geht auch, du musst nicht erst hier auftauchen.«

»Ich wollte dir eigentlich nur sagen, dass du bitte die Tür aufmachen sollst.«

»Spinnst du?«

»Gut geschlafen?«

»Spinnst du?«

»Klingt nicht so. Ich steh übrigens nicht vor deiner Tür. Jedenfalls nicht vor deiner Wohnungstür. Weißt du eigentlich, wie spät es ist?«

»Nee.«

»Dacht ich mir. Guck doch einfach mal auf die Uhr, Chefin. Was ich aber jetzt schon verraten kann: Mohamad Hassan hat ebenfalls ein

Visum, durch WesTex. Sein Pass ist aber nicht in der Ausländerbehörde, obwohl sein Visum auch in drei Wochen abläuft. Hat wohl bis jetzt vergessen, ein neues zu beantragen.«

»Oder, er hat es gar nicht vor. Weil er wusste, dass er seinen Pass brauchen würde.«

»Oder so.«

»Sorry, Lasslo. Ich gebs zu, ich hab verschlafen. Ich fahr jetzt los, kannst du mir schon mal eine Tasse durch die Pad-Maschine laufen lassen?«

»Soll ich die Tasse vorher pulverisieren oder macht das die Maschine?«

»Ich bin schon wach, echt. Ich kriege es mit, dass du mich veralberst. Ich komme jetzt.«

Freizeichen. Ich streckte im Stehen meine Glieder und merkte erst jetzt, dass ich nackt vor meinem Umkleidespiegel stand. Muttikörper. Ich fuhr mit den Fingern die schwach gewordenen Dehnungsstreifen nach, sie führten wie kleine Straßen meinen Unterbauch hinauf, Ende am Bauchnabeläquator. »Du bist schön.« Davids Gesicht im Spiegel, auf gleicher Höhe mit meinen Oberschenkeln. »Du bist süß. Soll ich mir deinen Namen hier drüber tätowieren?« Meine Finger fuhren über seinen Unterbauch, meine Mundwinkel bildeten ein Lächeln, in seinen Augen saß der Schalk. »Tätowier dir lieber mein Gesicht hier hin, das linke Auge als Bauchnabel.«

Nur das erneute Klingeln des Handys hinderte mich daran, wieder zu ihm ins Bett zu steigen. Lasslo leuchtete auf dem Display. »Ja?«, brummte ich hinein. »Der Kaffee wird kalt«, antwortete er.

»Warum bist du so penetrant?«

»Arbeitswütig würde ich es nennen. Mir ist langweilig und ich hab Angst alleine.«

Ich schüttelte den Kopf, begann Claudia zu vermissen und ärgerte mich im Stillen über den vorlauten Neuen. Frisch von der Uni und schon so forsch. Aus dem wird was werden, da war ich mir sicher, aber jetzt nervt er.

David lachte, schien meine Gedanken erraten zu haben und stieg aus dem Bett. Ich würde mich auch gern so schnell anziehen können. Ich fühlte, wie sein Schweiß sich auf meinem Körper mit meinem gemischt hatte, wie sein Sperma zwischen meinen Schenkeln klebte und warf die Eile in den Wind. Ohne eine Dusche gehe ich nirgendwo hin. »Aber schnell!«, rief David, als er mich mit dem Handtuch sah.

*

Mubarak hatte ein angenehmes Leben. Wunderbare 30 Jahre waren das, nachdem Sadat ermordet wurde. Islamistische Extremisten, wer sonst, hatten den Machthaber ermordet, Islamisten waren die ersten, die von ihm verboten wurden. Ägypten war ein wundervolles Land, so lange er Präsident war, dachte Mubarak und streckte sich auf seinem Bett.

Die Angst vor der Ermordung war verflogen, er saß hinter Gittern, seine Spitzel hatten ihre Ohren überall, sehr bald würde er wieder auf der anderen Seite der Mauern stehen. Sie brauchen mich, dachte er, Irrtum ausgeschlossen. Diese dummen Islamisten. Hochnäsige Träumer waren über sein Land hergefallen, hatten ihn vertrieben. Nur eine Frage der Zeit war es, da war er sich sicher, bis er sein Land wieder hatte, die Menschen wieder klar sehen konnten und sich noch nach ihm zurücksehnen werden. Da war er vollkommen überzeugt, sein Ego ließ keine Zweifel hinein, verstellte alle Eingänge in sein Hirn.

Mubarak hatte Ägypten als sein Eigentum betrachtet. Die Menschen im Land schob er vor sich her wie Schachfiguren, Ausschuss war unschön, aber notwendig. Menschenleben waren ein Fingerschnippen wert, mit König, Dame und Läufer gab es Waffen zu jeder Gegnerfigur. Ein Bonus sozusagen, für den man größere Opfer bringen musste. Das war Mubarak egal. Er scherte sich nicht um Opfer, sah nur das Resultat. Mit dem Geld, auf dem er saß, hätte er sein Land von Grund auf sanieren können. Er hätte den Armen Essen geben können, den Kranken Medizin und den Arbeitslosen Arbeit. Er hätte viele Wohnungen bauen können, renovieren können, mit all dem Geld, das auf seinen Konten lag. Aber er wollte nicht. Mubarak interessierte sich nicht für Armut. In seiner Welt gab es keine Armut. Wichtig war ihm seine Frisur. Kein graues Haar sollte die schwarze Einheit auf seinem Kopf durchbrechen. Niemand sollte denken, er trug Militärmützen um eine entstehende Glatze zu verdecken. Eitelkeit ist oberstes Gebot, dachte er, während er sich in seinem Bett aufsetzte. Dieses Bett, das eigens für ihn in die Katakomben des Gefängnisses von Kairo gebracht worden war. Dieses Bett, um das im Gerichtssaal ein Drahtkäfig stand. Als Schutz für ihn. Was sonst. Man wollte verhindern, dass er beworfen werden konnte. Den aufgestachelten Massen war alles zuzutrauen. Gedankenlosigkeit führte die Menschen zu unüberlegten Handlungen, sein Sturz war dafür das beste Beispiel. Durchhalten wollte er. Aussitzen, bis zum Schluss. Irgendwann, so dachte er, hätten sie aufgegeben, wären nach Hause gegangen, oder alle mundtot gemacht. Sie hätten durchhalten müssen, das dachte er immer wieder. Sitzend blickte er durch das vergitterte Fenster in die ägyptische

Sonne, das Privileg einer Zelle mit Fenster bekamen nicht viele. Sein Essen war genießbar und reichhaltig, dennoch bei Weitem nicht das, was er gewohnt war. Um nicht völlig zu entkräften, um bereit zu bleiben für seine Rückkehr, zwängte der gestrauchelte Diktator sich dennoch immer wieder etwas hinein. Sein Volk wollte keinen abgemagerten Machthaber sehen. Ein Hoffnungsträger war kräftig und gesund. Egal, was berichtet wurde, die Mitleidskampagne galt seinen Vergünstigungen. Es ärgerte Mubarak, dass er zu Tricks greifen musste, um zu bekommen, was er brauchte. Glaubte, dringend zu brauchen. Immer wieder verfluchte er innerlich die Menschen, die ihn hierher gebracht hatten. Quälte sich mit der Frage, ob er früher auf die Demonstranten hätte schießen lassen sollen, vielleicht wäre alles anders gekommen. Mubarak saß in seiner Zelle, nur wenige Wochen nach seinem Sturz, hielt das Gesicht in die Sonne und dachte: Ach hätte ich nur gleich auf sie schießen lassen, diese gottlosen Fanatiker. Islamistische Terroristen.

*

Auf meinem Schreibtisch stand eine Tasse Kaffee, direkt auf einem gefalteten Blatt Papier. Das hatte gestern nicht dort gelegen, ich wollte es wegschmeißen, als Untertasse taugte es wenig. Während es in den Papierkorb segelte, flog meine Tür auf, ich zuckte zusammen, Lasslo, verflucht, ich kann fluchen und du mich erschrecken.

»Nicht wegschmeißen!« Unkonventionelle Entschuldigung, dachte ich und ließ mich in meinen Sessel sinken.

»Willst du deinen Untersetzer abwaschen und noch mal benutzen?«

Verständnisloser Ausdruck in den Augen, mit geöffnetem Mund kam er näher, zwischen seinen Fingern klemmte eine selbstgedrehte Zigarette, manchmal sah er sogar noch aus, wie ein 25-Jähriger. Ich zog meine Schreibtischschublade auf, griff zwei von den blauen Tabletten und legte sie auf die Zunge. Ohne Wasser, sie kämpften sich meinen Hals hinab, ich spülte mit kaltem Kaffee nach. Belustigter Blick. »Immer noch nicht wach, Frau Kollegin?«

Die Antwort ein Grummeln, ich startete meinen Laptop.

»Kannste gleich wieder ausmachen. Das, was du da grad weggeschmissen hast, war nämlich ein Durchsuchungsbefehl. Für Kalem Ryshads Wohnung.«

»Verdammt, Lasslo, warum liegt der dann unter meiner Kaffeetasse?«

»Damit er nicht wegfliegt?«

»Spaßvogel.«

»Ist dein Schimpfwort-Repertoire schon erschöpft?«

»Wenn ich da erst mal reingreife, hast du nichts mehr zu lachen, Neuer. Jetzt hol deine Jacke.«

»Neuer ist schon echt ein fieses Schimpfwort. Trifft mich tief im Herzen.« Drücken der Hand aufs Herz, ein verzerrtes Gesicht, theatralischer Abgang mit Kopfverband, vielleicht hätte er Schauspieler werden sollen. Ich blickte kurz in Jacobs braun-grüne Kinderaugen, sog die Erinnerungen an den gestrigen Nachmittag in mich und merkte nicht, wie ich zu lächeln begann.

Schon wieder das Smartphone, Davids Foto blinkte auf dem Touchscreen, Jacobs Stimme drang an mein Ohr.

»Mama? Papa hat gesagt, ich soll dich fragen, ob ich heute wieder alleine in die Schule gehen darf.«

Atmen in den Hörer, die Stimme genervt, er rechnet mit einem nein, setzt zum »Mann, Mama!« an, als ich zu reden anfange: »Aber pass an den Straßen auf, Jacob. Okay? Ich hab dich lieb.« Stille. »Echt? Super!« Aufgelegt. Wozu ein Tschüss, oder sogar: Ich dich auch. Völlig überbewertet, finde ich auch. Was solls, ich ließ das Handy in meine Tasche gleiten, schob meine Notizen und den Umschlag mit den Fotos, die ordentlich am oberen Rand lagen, ordentlich an den unteren. Lachen über mich selbst, das Klopfen an der Tür verriet den vorbeihastenden Lasslo.

*

Kalem Ryshad saß auf dem Balkon seiner kleinen Mietwohnung, blickte über die Stadt unter ihm und konnte noch immer nicht als wahr akzeptieren, was ihn umgab. Surreal. Hier zu sitzen, während Schneeflocken vom Himmel fielen, auf dem Weg durch die Atmosphäre grau wurden, um unter den Schuhen von hin und her hetzenden Menschen zu schmelzen. Zurück blieb brauner Matsch, gerade warm genug, nicht zu gefrieren. Kalem saß in drei Decken gewickelt auf einem Plastikstuhl, zwischen den Fingern eine Zigarette, Pall Mall, hier billig, in Kairo eine der teuersten Marken. Er sah dem Rauch hinterher, wie er sich in den grauen Flocken verfing und spürte die Einsamkeit. Am vermeintlichen Ziel seines Kampfes merkte er, dass er sein Ziel nie erreichen kann. Ohne sie, vollkommen allein. All seine Bildung, sein Kampf, sein Blut. Umsonst. Wohin mit seiner Liebe? Sein Land, zerrüttet unter Protesten, brauchte ihn nicht mehr, hatte ihn abgeschoben, ins Exil. Ein Luxusexil, von dem er sich Glück und innere Freiheit gewünscht hatte.

Ein Exil, das ihm zeigt, wie frei er an jenen Tagen auf dem Tahrir-Platz war. Innerlich frei. Hier, auf diesem deutschen Balkon sah er aus, wie ein freier Mann, äußerlich frei, innerlich Exilant. Doch wohin zurück? An das Grab seiner Eltern? Den Gehweg, der die Stiefel trug, die Andras Tod bedeuteten? Was sollte er tun, in einem Land, das jungen Menschen keine Arbeit bieten konnte, sie noch immer mundtot zu machen versuchte? Hier durfte er sagen, was er dachte, nur hörte ihm hier niemand zu. Jeder sprach von seinen Problemen, übereinander, nebeneinander, aneinander vorbei. Er zog an seiner Zigarette, das leise Knistern des verbrennenden Papiers erfüllte seine Wahrnehmung für einen Moment, weckte Erinnerungen. Andra hatte es gehasst, wenn er rauchte. Willst du dir giftigen Rauch in die Lungen saugen? Dann halt deinen Kopf über den Grill, ist billiger. Die Aussage brachte ihn heute zum Lächeln, damals zum Schreien.

Er lehnte sich in seinem Stuhl zurück, die Augen geschlossen und dachte an Hanna Stieg. Wie sie selbst jetzt im Winter in knielangen Röcken mit übergeschlagenen Beinen in ihrem Büro saß, ihm Alibiaufgaben gab und glaubte, er wisse nichts von den Waffen. Er fühlte sich unnütz, überflüssig. Fragte sich bei jedem Mal Kaffeekochen, warum er als Ingenieur eingestellt, aber nicht gebraucht wurde. Und warum er von den Waffen wusste. Er hatte sie nie gesehen, keine Fotos, Worte, Metalle. Nichts. Dennoch wusste er, Hanna Stieg verkaufte Waffen. Er wusste sogar, wohin. Er selbst hatte an einem Tag auf dem Tahrir-Platz eine ihrer Waffen in den Händen gehalten. Hatte auf einer Laterne gesessen, mit dem Heckler & Koch Maschinengewehr auf die Uniformierten gezielt.

Jetzt sah er die gleichen Waffen in seinen Träumen, auf Fotos, die von seinen Händen gehalten wurden. Er kannte die Menge der gelieferten Waffen, sah die Zahl auf dem Papier, geschrieben mit seiner Hand. In seinen Träumen spiegelten sich Waffen in den Augen seiner Geliebten, lagen Patronen auf dem Grab seiner Eltern, drückte ihn der Lauf einer Pistole im Rücken durch die Gänge der Universität von Kairo.

*

Es kam mir sehr entgegen, dass Lasslo auf seinem Sitz den Mund hielt und auf seinem Smartphone herumtippte. Ich steuerte meinen Opel durch die Straßen von Leipzig, vom Präsidium nach Eutritzsch, direkt in der Delitzscher Straße war die Adresse. Kalem Ryshads Einraumwohnung lag nicht weit entfernt von der Querstraße, in einem Altbau. Die Lackfarbe blätterte von der Eingangstür, das dunkle Holz darunter schien nach dem feuchten Winter zu modern. Ich spürte, wie meine Augen zu tränen begannen, als ich die Autotür aufdrückte, suchte in meiner Tasche nach einem Taschentuch und fand nur benutzte. Trotzdem wischte ich mir mit einem die Nässe von den Augen. Ich drückte beliebig auf eine Klingel. »Du solltest auch auf eine Klingel drücken, auf der ein Name steht«, hörte ich Lasslos Stimme hinter mir. Wischen mit den Daumen durch die Augen, der Versuch, den Tränennebel wegzublinzeln. Erst jetzt sah ich, dass von den acht Klingeln, offenbar nur drei zu bewohnten Wohnungen gehörten, auf einer stand WesTex.

»WesTex?« Lasslos Lehrbuchtonfall, trotz Kopfverband.

»Firmenwohnung für Gastarbeiter. Steht doch praktisch dran.« Meine Stimme genervter als beabsichtigt, mit der Handfläche die Klingeln drückend. In mir brodelte Aufregung und die Angst vor Enttäuschung.

»Dürfen wir die dann überhaupt durchsuchen? Wir haben doch einen Durchsuchungsbefehl für Kalem Ryshads Wohnung?«

»Paragraphenreiter.« Summend drückte ich die Tür auf, das Treppenhaus lag dunkel und leer vor uns. Zeitungsstapel kostenloser Wurfsendungen lagen unter der Treppe, unbeachtet, unangetastet.

»Ich will mich nicht gleich am Anfang meiner Karriere …«

»Da, hört hört. Karriere. Du gehst den Spaß hier falsch an, Mario Lasslo. Hier geht es nicht um deine Karriere. Und strafbar machst du dich als guter Kommissar immer, liest du keine Krimis?«

»Zynismus steht dir nicht, Charlotte.« Er stand noch immer auf dem Treppenabsatz, schob endlich die Sonnenbrille von der Nase auf den Kopfverband und sah mich direkt an. Sein Mustern ging unter die Haut, ich fühlte mich unwohl.

»Dir kann es getrost egal sein, was mir steht. Wir warten jetzt hier auf den Schlüsseldienst und gehen unserer Arbeit nach.«

»Schlüsseldienst?«

»Willst du die Tür etwa aufbrechen? Denk doch an deine Karriere!« Die Arme über den Kopf gerissen, ließ ich mich auf die unterste Treppenstufe sinken.

Lasslo drückte die Haustür weiter auf, suchte etwas um sie am Schließen zu hindern und fand die Fußbremse. Endlich hatte er sich hinein getraut, dachte ich und sah Lasslo an, der nun beinahe verschüchtert aussah. Seine großspurige Art, die er sonst an den Tag legte, nur eine

Maske, ein Versteck. Seine steife Gestalt ließ mich immer stärker meine eigentliche Kollegin Claudia vermissen. Dank des toten Albrecht Dück war Leander Lore aus dem Rennen der Tatverdächtigen ausgeschieden, noch bevor wir ihn richtig untersucht hatten. Claudia hatte sich versetzen lassen, für nichts. Der Mörder, an den wir glauben sollten, mordet sogar aus Verhörräumen heraus.

»Wir sollten nach der Durchsuchung auch die Spur Leander Lores wieder aufnehmen«, sagte ich mehr zu mir selbst, als zu ihm.

»Jetzt, wo Dück tot ist«, ergänzte er den Satz.

»Sag das nicht so trocken dahin, bitte. Und nicht nur, weil er tot ist.«

»Ja, klar.« Noch immer steht er da, hinter ihm die Frühlingssonne, er umhüllt von der staubigen Dunkelheit des Hausflurs. Sein weißes Polo-Shirt glänzte plötzlich nicht mehr, hing wie ermattet um ihn herum. Er sieht nicht mehr aus wie ein Fernsehermittler, dachte ich. Jetzt sieht er aus, wie einer von uns. Ohne Glanz und Gloria, angekommen in der Realität polizeilicher Ermittlung, in der man auf den Schlüsseldienst warten musste.

»Lasslo. Vielleicht solltest du dich krankschreiben lassen. Du siehst nicht gut aus, nicht nur wegen deines Kopfverbandes. Denk mal drüber nach. Für heute hast du jedenfalls Feierabend.« Die Entscheidung kam so plötzlich wie klar aus mir, nichts anderes schien möglich für den jungen Kollegen, der erst vor wenigen Stunden einen Stuhl über den Schädel gezogen bekommen hat. Mördern sachlich und nüchtern begegnen, wenn man sie viel lieber irgendwo eingesperrt wüsste, führt zu Wut. Ich stand von meiner Stufe auf, legte die Hand auf seine Schulter. Er sah sie an, wie eine eklige Spinne, unternahm nichts, zuckte nicht, starrte nur.

»Ich hab Kopfschmerzen«, war schließlich seine Antwort, ein letzter Blick in meine Augen, Offenbarung von Müdigkeit und Schmerz. Er drehte sich um, ging in die Sonne. Meine Hand sank an meine Hüfte, ich stemmte sie in die Seite, wusste nicht, was mit ihr anfangen, was mit mir anfangen.

Plätzetausch. Plötzlich stand ein Mann in blauer Arbeitshose im Türrahmen, wo eben noch mein Kollege gestanden hatte, suchte die Klingelschilder ab, hielt sich an seinem Werkzeugkoffer fest.

»Hier«, leises Melden hatte seinen Schreck nicht gemindert. Erst jetzt sah ich das Handy, das er sich mit der freien Hand ans Ohr drückte. Gegen die Sonne kam er näher, eine dunkle Gestalt, scharf umrissen. »Gefunden.« In das Gerät brummend, sah er mich an.

»Sie sind also die Polizei?« Mustern von oben nach unten. Ich wünschte mich plötzlich in eine Polizeiuniform, umringt von 20 Beamten, stand aber doch ganz allein im Hausflur. Ich raffte die dünne Jacke über der Brust zusammen, er hielt es für den Griff nach einer ominösen Polizeimarke und hob abwehrend die Hand. »Man hört ja viel von Stellenabbau. Sie sind also alleine. Welche Wohnung solls denn sein?« Ich öffnete meine leere Hand, die Jacke hielt über meiner Brust, ich sah ihn an.

»Ich bin genug Polizei für diese Wohnung.« Schnellen Schrittes die Treppen hinauf, planlos aber bestimmt, Türschilder gab es natürlich keine, ich griff nach meinem Handy. Schon nach dem zweiten Klingeln war Thomas Haffner dran. »Thomas, welche Etage, die Wohnung von Kalem Ryshad?« Warten, ich spürte den Blick des Mannes in meinem Nacken, drehte mich nicht um.

»Danke«, ins Telefon, »die hier«, zum Schlüsseldienst.

Er stellte seinen Metallkoffer auf der Türschwelle ab, besah sich das Schloss einen Moment von allen Seiten und zog kurz aber kräftig am Hosenbund, bevor er in die Hocke ging. Dankbar war ich dafür, Bauarbeiterdekolleté brauchte ich nicht auch noch zu sehen.

»Wenn Sie Glück haben, ist nicht abgeschlossen.« Er sah nicht auf, holte einen merkwürdig aussehenden Schraubendreher, der vermutlich kein Schraubendreher war, aus der Kiste und stemmte sich aus der Hocke, mit krummem Rücken gegen das Schloss.

»Aha.« Ich tat uninteressiert, war aber innerlich ungeduldig.

Das Schloss klickte, wortlos drückte der Mann die Tür auf und stemmte sich hoch. »Bitteschön«, schon trat er zur Seite. Ich sog den unverstellten Blick in den Raum in mich ein, ein Bett direkt neben der Eingangstür, gewöhnungsbedürftig. Wahrscheinlich bekommt der Bewohner dieser Wohnung prinzipiell keinen Besuch. Aus Scham, vielleicht war es auch so gewollt. Im Zimmer, an das Bett grenzend, stand ein Kleiderschrank, teilte den Raum, ich trat in den Wohnbereich. Weiße Wände, keine Bilder, das einzige, was die Wände zierte, die verputzten Bohrlöcher. Vor der Balkontür hing ein vergilbter Vorhang, eine Clevia auf dem Fensterbrett trug nur noch zwei Blätter, nicht mehr zu retten. Ich sah mich trotzdem nach einer Gießkanne um. Ein Sessel stand knapp vor einem kleinen Schränkchen, auf dem ein alter Fernseher stand. Der Receiver schien teurer zu sein als der Fernseher. Sonst gab es nichts in dieser Wohnung.

Zwei Küchenschränke an die Wand geschraubt, zwei Herdplatten, Spüle und Minikühlschrank. Hinter der einzigen Tür vermutete ich hellseherisch das Bad. Ich kniete mich auf den fleckigen Teppich vor dem Fernsehschrank und zog die oberste Schublade auf. Kabelsalat, Technik von Geräten, die es längst nicht mehr gab. Darunter Kerzen, ein Koran und ein Wörterbuch. Ich blätterte die Seiten durch, nichts steckte dazwischen, nicht mal Notizen im Wörterbuch, keine übersetzten Wörter im deutschsprachigen Koran. Unbenutzt, vermutete ich, in dieser Wohnung sah nichts nach Kalem Ryshad aus.

*

Er hatte sich entschieden, von der Querstraße in seine Wohnung in der Delitzscher Straße zu laufen. 30 Minuten Fußweg kamen ihm angenehmer vor, als zehn Minuten Straßenbahnfahrt. Alle anderen schienen Straßenbahn zu fahren. Schnatternde Menschen, Kinder mit Bierflaschen. Lallen statt Sprechen, der Geruch war ihm zuwider. Er fühlte sich gestärkt in dem, was er war, wofür er hier war, wenn er sah, wo Ägypten ohne Menschen wie ihn hinsteuern könnte. Zu viel Demokratie führt zu Verfall, wenn jeder machen kann was er will, macht der Mensch eben auch gerne mal nichts. Nichts Produktives, dachte Mohamad und betrachtete drei junge Mädchen. Sie kamen ihm auf dem Fußweg entgegen, lachten klingelnd, die Röcke endeten kurz unter der Scham, die bunt lackierten Finger hielten bunte Flaschen.

Das waren sie also, die Errungenschaften des Westens, dachte sich Mohamad. Sah wie junge Männer hupten und aus dem Autofenster riefen, als sie an den dreien vorbei fuhren und war plötzlich zufrieden. Er hatte viele Mädchen in seiner Heimat vor einem solchen Leben bewahrt, ihre Würde bewahrt, sie Allah näher gebracht. Die gottlosen Exempel hatten unter seinen Händen erfahren, wie weit ihre Freiheit ging, sie waren heute glücklich. Mohamad redete sich ein, davon überzeugt zu sein. Was er wollte, war die Ehre seines Landes retten. Das wollten Mubarak, die Polizei und er selbst. Wenn es dafür Waffen braucht, dann tat er hier in diesem gottlosen Land voller besoffener Kinder das Richtige, indem er sie ihnen lieferte. Die Waffen, mit denen sein Volk vor dem Absturz beschützt werden konnte. Die drei Mädchen gingen gackernd an ihm vorbei, sahen ihn nicht an, schienen nicht untereinander, sondern nur mit ihren Telefonen zu sprechen. Dann war es ruhig. Nur das kontinuierliche Brummen der Motoren verstummte nicht. Blechlawinen drangen unaufhörlich an ihm vorbei in die Stadt hinein, auf dem Weg zur Party in irgendeinem dunklen Club. Er selbst wollte nur noch nach Hause. Für sie fing der Tag gerade erst an. Der Mond hing voll und weiß am sternenlosen Nachthimmel. Das Glühen der städtischen Lichter ließ sie unsichtbar werden. Aus den Schornsteinen der Stadtwerke pumpte weißer Qualm, Dreckschleudern in der Nacht, Panorama am Tag.

Als er an der Tankstelle vorbeilief, sah er Jungs in vollgetankte BMWs einsteigen, Schirmmützen auf den Köpfen, die viel zu klein waren, aber BMW fahren, dachte Mohamad und erinnerte sich an seinen Isuzu. Aufgefrischte Parolen tanzten in seinem Kopf, er wünschte sich in die Einsamkeit seiner Wohnung, wusste nicht, was denken, dachte in seinen Mustern, kam über die einstudierten Propagandasätze nicht hinaus, die er auch hier jeden Tag zu hören bekam. Aus dem Mund der blonden Hanna Stieg hatten sie ein neues Gewicht.

Ägypten versank im Chaos, Tunesien versank im Chaos, nun versinkt Libyen im Chaos, die dummen Fanatiker wissen nicht was sie tun, ihnen war nur mit Kugeln im Kopf beizukommen. Alle gleich sind sie, unschuldig sowieso. Es kribbelte in seinen Händen, während er in die

Delitzscher Straße einbog. Dieser Typ Mensch gehört in seinen Keller. Wo war eigentlich sein Schocker?

Völlig in Gedanken versunken merkte er nicht, dass er den Schlüssel ins Schloss der Wohnungstür steckte. Seine vom Sprühregen durchnässte Hose klebte an seinen Beinen, füllte sich mit Kälte und produzierte Gänsehaut. Mohamad war glücklich, seine Gedanken liefen wieder gerade, Gefühle waren von außen an ihn heran gedrängt, endlich konnte er sie wieder abwehren, endlich hatte er vergessen, woran er gezweifelt hatte.

*

In der untersten Schublade fand ich endlich etwas, das darauf hindeutete, dass diese trostlose Wohnung bewohnt war. Einen Block, mehrere lose Blätter Papier, beschrieben, bemalt, dachte ich. Diese Schrift sieht aus, wie ein Kunstwerk. Aber nicht wie Schrift. Die blauen Kugelschreiberstriche waren mit Macht in das Papier gedrückt. Ich wünschte, ich könnte es lesen.

Vorsichtig faltete ich alle beschriebenen Blätter zusammen, steckte sie in eine Prospekthülle und schob sie in meine Tasche. Mit den behandschuhten Fingern hob ich auch die drei Stifte heraus und ließ sie dazu fallen. Vielleicht fanden sich Fingerabdrücke. Immer mehr leere Seiten, unbeschriebenes Papier, ich schob es in der offenen Schublade herum und sah es, das kleine schwarze Büchlein mit der goldenen Aufschrift. Dem ägyptischen Wappen. Ein zweiter Reisepass?

Mohamad Hassans Reisepass! Überrascht hielt ich mir das Passfoto vors Gesicht. Mein Gott, die Gesichter sind nicht nur ähnlich. Dieses Foto, unter dem der Name Mohamad Hassan stand, ist das gleiche, wie das, unter dem Kalem Ryshad steht.

*

Kalem lag in seinem Bett, starrte an die Decke, fühlte sich gefangen in dieser Wohnung. Die Wände um ihn herum kahl, die Rückseite des Kleiderschranks so grau wie das Wetter. Er wollte schlafen, die Nacht hinter sich bringen, doch er hatte Angst. Angst vor den Bildern, die jeden Tag stärker aus dem Nebel seiner Erinnerung aufstiegen. Bilder, die ihm nicht zu gehören schienen, die Dinge zeigten, die er nicht getan haben konnte. Und dennoch spürte er, es waren seine Erinnerungen. Seine, seine, seine. Ganz allein seine. Er fühlte, wie er in diesem Keller stand, konnte beinahe den Rauch seiner Zigarette riechen, schmeckte den Alkohol auf seiner Zunge.

Das konnte nicht sein!

Warum? Weil nicht sein kann, was nicht sein darf?

Irgendwann schloss er doch die Augen, die Müdigkeit erfasste ihn, zog ihn zu sich in die Welt, gegen die er gekämpft hatte.

Er spürte Angst vor seinen Gedanken. Kam nicht mehr heraus. Dieser Körper, der dort lag, nackt vor ihm auf einem Tisch. Vielleicht war es auch nur ein Felsvorsprung, er konnte es nicht sagen, wollte nicht genauer hinsehen. Seine Hand hielt einen Hammer, Nägel, er roch das Blut und sah, wie es aus zwei Fingern des Körpers lief. Die Finger bewegten sich nicht, in ihnen steckte etwas. Er war dafür verantwortlich. Aber er war gar nicht er. Nicht Kalem Ryshad. Jetzt spürte er es, Erleichterung, er steckte im Körper eines anderen, Fremden, in seinen Erinnerungen.

Plötzlich stand er auf dem Platz der Freiheit, Tahrir-Platz, voller Menschen, Demonstranten, spürte gleichgültigen Hass. In den Händen ein Maschinengewehr, das gleiche, das auf ihren Fotos abgebildet war. Das Gewehr im Anschlag, warten auf den Schießbefehl, vor ihm Menschen. Schutzlose Menschen, unbewaffnete Menschen. Sie verschmolzen, wurden zu einer bunten Masse, die

Farben blendeten ihn, er sah keine Einzelheiten mehr. Lauschte, unbeweglich, bis der erste Schuss fiel, er den Befehl hörte und schoss. In die Masse, ziellos, vorwärtsdrängend. Er hörte Schreie, stieg über Körper, löste sich aus der Kette, die seine Kollegen bildeten. War das Platzangst, was er verspürte? Sein Helm schien ihm plötzlich zu klein, er konnte nicht mehr atmen, riss ihn vom Kopf, sog Luft in die Lungen, die sich nur noch mehr zusammen zogen. Irgendwo brannte es, er atmete Rauch, schwarzen Rauch. Die bunte Masse löste sich auf, er fand sich plötzlich mitten unter ihnen, helmlos, schutzlos. Niemand nahm ihn wahr, er sah Kinder, die sich an die Körper ihrer Mütter drückten. Die Mütter schoben sich voran, fanden keinen Weg heraus, Orientierungslosigkeit inmitten von Panik und Rauch. Er sah ein Mädchen, das neben einer dunklen Gestalt auf dem Boden kauerte, wollte zu ihr, kam nicht von der Stelle. Er erkannte den Körper einer Frau, eingehüllt in einen Tshador, die Hand des Mädchens um den Hals gelegt, in den Augen Tränen, um die Augen der Mutter Blut.

*

»Ich kenn diesen Mann nicht.« Kalem Ryshad saß völlig unbeweglich auf seinem Stuhl, Thomas Haffner und ich – ihm gegenüber. Der Pass zwischen uns.

»Sie sind dieser Mann!«, langsam fing es an mich zu nerven, dieser Mann, dieser Fall, diese Hilflosigkeit.

»Ich bin Kalem Ryshad. Meine Pass haben Sie doch gesehen!« Ruckartiges Aufstehen. Sein Stuhl fiel nach hinten um. Im selben Moment schien er sich wieder zu beruhigen, wollte auf den Stuhl zurück sinken, konnte sich stoppen.

»Hören Sie«, die Hände gefaltet vor sich auf der Tischplatte, er sah uns nicht an, holte tief Luft, bevor er weiter sprach: »Das mit Kollegen, ich wollte nicht! Ich bin eine Moment ausgerastet. Aber ich nichts kann erinnern, mit Stuhle geschmissen zu haben.« Ein kurzer Blick, seine Augen saßen tief in den Höhlen, umrahmt von dunklen Schatten. Auf seinen Wangen breitete sich ein dunkler Flaum aus, immer wieder löste er eine Hand und kratzte sich die Bartstoppeln.

»Es war auch nur ein Stuhl«, sagte ich. Ein völlig überflüssiger Kommentar, er reagierte nicht darauf.

»Ich mit Hanna Stieg Sex gehabt. Ja. Aber hat mich verführt. Wollte nur reden … Dann ich weg. Da hat sie noch gelebt. Ich will nur zurück in Heimat, nach Ägypten! Raus aus diese verrückte Land.« Das Gesicht in den Händen vergraben, seine krausen Haare lagen ungepflegt um seinen Kopf.

»Worüber wollten Sie denn mit Hanna Stieg sprechen?«

»Meine Arbeit hier«, durch die Finger genuschelt.

»Worin bestand denn Ihre Arbeit bei WesTex?«

»Das ist es ja! Gar nichts Arbeit! Ich hier Ingenieur, aber habe nur Kaffeekochen und Aktenordnen gemacht.«

»Ist Ihnen beim Ordnen der Akten irgendetwas besonderes aufgefallen?« Meine Augen hielten seinem Blick stand, glitzerndes Zittern lag über seinen dunklen Pupillen, er wusste, was ich wusste. Strich sich mit der Hand durch die Haare, tiefes Schnaufen.

»Ja. Waffen.«

»Geht es etwas genauer?« Thomas Haffner drehte den Umschlag vor sich auf dem Tisch unter den Fingern, »Ägypten«, stand darauf in meiner Handschrift. Ich spürte, wie in meiner Tasche mein Smartphone vibrierte, ignorierte es, hielt die Augen fest auf seinen.

»WesTex hat illegal Waffen zu arabische und afrikanische Länder verkauft. Auch Ägypten und Tunesien. Hanna Stieg denkt, ich hab keine Ahnung. Ich in Ägypten gegen Mubarak und diese Waffen demonstriert. Jetzt ich hierher gekommen, finde Fotos der Waffen, mit denen man auf mich geschossen hat, viele Menschen tot und plötzlich bin ich Teil davon. Ich wollte weg, darum hat mich entlassen.«

»Und als Sie das rausgefunden haben, haben Sie sich an ihr rächen wollen? An ihr, die dafür verantwortlich war, dass Ihre Freunde und Familie …«

»Nein! Nichts Rache! Ich nicht töte, bin Muslim.« Seine Stimme schwamm in Verzweiflung. Kaum hörbar fügte er hinzu: »Außerdem, Hanna war nicht verantwortlich. Sie war ein kleiner Fisch. Eine Marionette am Ende langer Hierarchie. Sie von der Polizei müssen sich damit auskennen.«

»Erklären Sie mir doch mal, wie es passieren kann, dass Sie mit Ihrer Chefin über Waffenhandel und Korruption reden wollten, und dann plötzlich Sex mit ihr haben?« Ein unterdrücktes Lachen entfuhr Haffners Kehle. Er hatte den Umschlag inzwischen in Ruhe gelassen und befingerte nun den Ausdruck des DNA-Tests.

Kalem Ryshad blieb stumm. Sah nicht auf. Schien sich an sich selbst festzuhalten. Lief dort eine Träne über seine Wange?

»War nicht erste Mal.« Leise, fast unhörbar.

»Sie hatten eine Affäre mit ihr?!«, setzte Haffner nach.

»Nix. Nur drei mal Sex. Mehr nicht. Ist verboten? Ich sie nicht getötet. Besser suchen nach dem Mörder, dieser Chefkommissar ist nicht nur so getötet.«

Ich erstarrte in meiner Bewegung. »Was wissen Sie davon?«

»Ich nur weiß, Hanna nix Chefin. Einer ganz oben lässt sie töten.«

*

Dieser kleine Junge saß schon den ganzen Vormittag auf dem Betonboden. In der Hand ein Stein, kratzte er Figuren hinein. Sein Vater war betteln gegangen, saß verkrüppelt an irgendeiner Hauptstraße in Kairo und hoffte auf Geld, das nie genug war. Seine Mutter war gerade von der Arbeit auf der neuen Kartoffelplantage nach Hause gekommen. Ihr Wochenlohn würde für einen neuen Sack Reis reichen. Das Sofa ächzte unter ihr, ihre Hand fuhr kurz zur Begrüßung über den Kopf ihres Sohnes, bevor sie die Augen auf den Fernseher richtete. Der einzige Sender, den sie empfangen konnten, flimmerte praktisch pausenlos vor sich hin. Schlechte Schauspieler tauschten den Platz mit militärisch gekleideten Nachrichtensprechern. Sie verkündeten Wachstum, Reichtum, Wohlstand für Ägypten. Seine

Mutter holte die drei Münzen aus ihrer Tasche. Auf dem Bildschirm erschien Mubarak. Die weißen Zähne entblößt, in der Armbeuge lag die manikürte Hand seiner Frau. Ein Königspaar!, dachte der Junge und freute sich auf das kommende Programm, denn seine Mutter hatte nur selten Zeit ihm Märchen vorzulesen. Das Paar schritt über den Marmorboden, welch wundervoller Palast, dachte der Junge, wunderte sich aber, dass keine Geschichte erzählt wurde. Musik lag über dem Geschehen. Niemand sagte etwas, also begann er wieder mit dem Stein auf dem Boden zu schaben.

Mohamad Hassan spürte den Traum, als stecke er im Körper des Jungen, glaubte sich zu erinnern, das Märchen, das keines war, bewundert zu haben, bis er verstand. Mohamad erschrack im Traum über die Wucht der Bilder, die Intensität des Erlebten und wusste, dieser Junge war er.

*

»Haben wir eine andere Möglichkeit?« Ich ging mit Thomas Haffner den fensterlosen Flur zu seinem Büro, das Verhör war völlig gegen die Wand gelaufen, wir im Grunde keinen Schritt weiter.

»Woher weiß der von einem Auftragsmord?

Und woher vom Mord an Dück? Das war doch geplant! Der hat einen Komplizen, der Dück erschossen hat, damit wir denken, er wars nicht. Seine Geschichte von der Verführung ist doch mehr als schwachsinnig!« Seine Stimme versuchte ein Schreien zu unterdrücken, die Spannung trieb die Worte vibrierend aus seinem Mund. Schweißperlen auf der Stirn, in den Augen.

»Thomas, bitte. Es muss doch nach dem Mord nur jemand laut rufend durch den Flur gerannt sein. Die Aufregung hier war riesig, das kann er dort mitbekommen haben, er sitzt nicht in einem Bunker.« Belehrender Ton, ich verfluchte mich dafür. Aufdrücken der Tür, sein Büro sah noch immer aus wie ein Aktenspeicher. »Kannst du nicht mal aufräumen?«, der Versuch, Spannung zu lösen, er sah mich nur verständnislos an.

»Mag sein«, überging er meine Bemerkung, »aber ihn laufen lassen? Wo wir nicht mal wirklich wissen, wer er ist? Kalem oder Mohamad. Vielleicht heißt er in Wirklichkeit noch anders. Vielleicht ist er das obere Ende der Hierarchie!«

»Vielleicht aber auch nicht! Wir können ihn nicht einfach hier behalten. Freiheitsberaubung, Kollege. Lasslo hat ihn noch nicht angezeigt, wegen des geschmissenen Stuhls, Gansel steigt uns aufs Dach, wenn wir ihn ohne Beschluss vom Haftrichter hierbehalten.«

»Gansel, Staatsanwalt Gansel. Der hat Dück doch geglaubt, dass er es war!«

»Aber Dück ist tot und bei dem Fall war es Kalem Ryshad mit Sicherheit nicht!« Die letzten Worte wurden geschrien, ich spürte die heiße Spur, die die Träne auf meiner Wange hinterließ. Unterdrückter Schmerz brach sich seine Bahn, Haffners Arme legten sich um mich, mein Kopf auf seine Schulter. Zittern, Beben, Verzweiflung. Geflüsterte Worte: »Ich habe auch Angst.«

*

»Ich muss mit dir reden, Hanna!«, seine Worte flogen gegen eine Wand, sie drehte sich nicht um, sortierte, schob hin und her, nur um irgendwas zu tun.

»Ich liebe dich, Hanna. Du musst damit aufhören.« So viel Zärtlichkeit, durch seinen Kopf zogen sich Namen, Andra und Hanna, zwei Frauen, eine Liebe. Eine Frau hatte er an die Waffen verloren, die zweite konnte er retten. Er und seine Liebe. »Bitte, du musst damit aufhören.« Fast ein Hauchen nur kam aus ihm heraus, mehr nicht, all seine Kraft steckte in seiner Liebe. Wie war das passiert?

»Es ist nicht so einfach, wie du denkst, Kalem.« Ihre Worte überdeutlich ausgesprochen, rund geformt und an sein Ohr geschickt. Noch immer sprach er mit ihrem Rücken.

»Sag einfach nein.«

»Das kann ich nicht.«

»Du nicht willst! Du wie sie! Du nur lügen!«

»Schrei nicht, Kalem! Nichts ist gelogen. Du verstehst das nicht. Du verstehst nichts!«

»Ich alles verstehn. Du machst Geschäfte mit Waffen, viel Geld, gut leben, aber in meine Land Frauen und Kinder sterben, überall Blut und viel traurig, aber du nichts wissen willst, nur Geld, Geld, Geld. Du nichts besser als Mörder bei uns.« Der Auswurf landete vor ihr auf dem Tisch, ruckartiges Umdrehen auf ihrem Stuhl, der Zopf flog hinterher, die Augen wanderten zwischen ihm und seiner Spucke hin und her.

Fassungslosigkeit? Die Hände auf die Armlehnen gestützt stand sie auf, stand direkt vor Kalems Gesicht, ließ ihn zusammenzucken, doch er blieb ebenfalls stehen. Tat unberührt, unerschrocken, war es nicht. Das Zittern seiner Hand verriet ihn, ihr Gesicht wurde weicher, die Hand auf seiner Brust.

»Kalem. Lass mich das auf meine Art machen. Ich steige aus, das habe ich dir versprochen, das habe ich mir selbst versprochen. Aber nicht von heute auf morgen, das ist zu gefährlich.«

»Das ist mir egal.« Aus Wut entsteht Trotz, ihre

blauen Augen tief in seinen. Diese Frau war gefährlich. Er spürte eine Flamme in sich, die alles andere in ihm zu verbrennen drohte. Ihr Anspruch war ein vollkommener, ein Neben-ihr gab es nicht, so fraß sie sich durch alles, was er liebte. Zurück blieb nur sie, Hanna. Und er vergaß die Waffen, seine Mutter, den Vater und Andra. Er vergaß die Bilder, die ihn in seinen Träumen einholten, die Schüsse, die er an jedem Tag zu hören glaubte. Er dachte nicht mehr an Mohamad Hassan, den Hammer in seiner Hand, den Mann und dessen Blut in dem Leinentuch. Vergaß Ägypten, sich, die Sonne. Nur Hanna nicht. Wie konnte das passieren?, fragte er sich. Sie stand vor ihm über den Tisch gebeugt, die weiße Haut entblößt, seine Hände auf ihrer Brust. Wie war das möglich? Sein Wille ging verloren, in den Augen dieser Frau, und als er in ihr kam, wusste er, warum gerade sie ganz nach vorn in der Reihe der Waffenhändler geschoben wurde. Die hübsche Blondine wusste, wie sie bekam, was ihr Chef will.

*

Als mein Smartphone klingelte, nahm ich ab ohne zu schauen, wer anrief. Claudias Stimme erkannte ich sofort, obwohl ich sie so lange nicht mehr gehört habe.

»Charlotte?«

»Claudia! Schön, mal wieder von dir zu hören. Wie geht es dir bei den Drogen?«

»Gut, gut. Sag mal, habt ihr Leander eigentlich komplett als Spur ausgeschlossen?«

»Warum? Willst du zu uns zurück?« Ich spürte wie Thomas Haffner dem Gespräch zuhörte, hatte nichts dagegen, drückte dennoch das Telefon ein wenig fester an mein Ohr.

»Ja, klar. Aber, ich bin mir immer noch nicht sicher, ob er nicht vielleicht, ich weiß nicht. Ich habe komische Fotos gefunden.«

Ihre Stimme zögerlich, meine Frage gestellt mit freundlichem, beiläufigem Ton: »Fotos? Was denn für Fotos?«

»Fotos von Waffen. Vielen Waffen. Maschinengewehre in Holzkisten gestapelt, das müssen hunderte sein. Leander hat die Fotos sofort wieder versteckt, als er mich damit gesehen hat.«

*

Mohamad wurde jeden Tag gesagt, wie viel Glück er hatte, nach Leipzig gekommen zu sein. Nach Deutschland. In das Land, in dem Milch und Honig fließen. Das Land, das bewaffnete Kriege nur durch die kruden Geschichten aus den Mündern der Großeltern kennt. Niemand darf hier irgendwo einfach so eine Waffe kaufen. Aber jeder darf irgendwo, einfach so, eine Waffe verkaufen. Nur nicht an einen Deutschen. Zum Glück gab es genügend potentielle Kriegsgebiete, dachte er immer häufiger und erschrak vor seinem eigenen Zynismus.

Mohamad Hassan überlegte immer öfter, worin genau sein Glück in diesem Land bestand, von dem so viele Menschen, die sein Land nicht kannten, ihm so viel zusprachen. Dass er den Weg zurück in die Willenlosigkeit gefunden hat? Dass er endlich Sex hat, mit einer blonden Frau, die nicht dazu gezwungen wird? Hatte ihn das überhaupt je interessiert, ob die Frau, die auf ihm steckte, gezwungen wurde? Außerdem hatte er nie gefragt, ob Hanna wollte oder nicht, sie bot sich ihm an, überdeutlich. Es war ihm egal. Gott sei Dank war ihm all das egal.

Immer öfter saß er nun in den ersten Wochen nach seiner Einreise in seinem Altbau, diesen aufeinander gestapelten Betonblöcken, mit angepinnten Balkonen. Über ihm das Leben, laut und stampfend. Unter ihm das Leben, Töne flimmernd und murmelnd. In ihm der Tod. Das Nicht-leben, das Anti-Leben, die Stille. Eine Stille, die ihn von innen erdrückte, ganz langsam, Organ für Organ. Das stille Krampfen in ihm erfüllte ihn vollkommen und wurde ausgefüllt von Glück. Dem hohlen Glück, das die Menschen um ihn herum in ihn hinein zu pumpen versuchten, es breitete sich aus und drückte auf die Stille.

In ihm der Kampf zwischen hohlem, gepumptem Glück und Stille, keiner von beiden Seiten wünschte er den Sieg. Also saß er einfach da, auf dem Stuhl, der vor ihm irgendeinem anderen Willenlosen gehört hatte. Der Stuhl aus dem Land, in dem Milch und Honig fließen, quietschte und knarrte bei jeder seiner Bewegungen, also bewegte er sich nicht, wartete einfach auf das Ende des Krampfes, das Ende der Stille. Unmerklich hob und senkte sich seine Brust, ein Lebenssignal, dessen er selbst bedurfte. Womöglich war er längst tot, diese Scharade um ihn herum das Spiel des Teufels, der grade keinen Platz mehr in der Hölle hat. Gaddafi war vor ein paar Tagen erlegt worden, betrachtete die Hölle sicherlich schon als sein Eigentum und versuchte grade, den Teufel zu putschen. Klar, da wäre ich als Teufel auch damit beschäftigt, den in die Vorhölle abzuschieben, statt Neue reinzulassen, dachte sich Mohamad und fühlte für einen kurzen Moment so etwas wie Freude. Versuchte ihn festzuhalten, den Moment, nicht die Freude, das wäre ein sinnloser Kampf. Doch um den Moment ließ sich kämpfen, glitt die Zeit doch sonst an ihm vorbei wie verkrüppelte Schlangen. Jetzt raste sie geradezu, der Schnellzug Zeit, der mit überhöhter Geschwindigkeit an ihm vorbei rast, das Gefühl Freude im Metallbauch. Der Frontalzusammenstoß mit dem Betonbrückenpfeiler führte dazu, dass das Vergehen der Zeit wieder mit dem Fortkommen eines zerknautschten Blechhaufens auf Schienen zu vergleichen war. Doch da war der Moment schon zu weit von ihm entfernt, als dass er das Gefühl darin noch hätte spüren können. Und da merkte er, warum er nicht glücklich war. Er sah der Zeit beim Stillstand zu und dachte: Ich bin traurig. Trivial und logisch zugleich, schüttelte er den Kopf über sich selbst, hörte das Aneinanderschaben seiner Haare beim Drehen seines Kopfes, so laut, als würde jemand neben ihm mit Schleifpapier über die Haut eines Menschen kratzen. Ratsch, ratschratschratsch, Raaatsch. Und er roch plötzlich Blut, es war sein Blut, Blut, das gar nicht da war, das nur er riechen konnte. Er roch es. Ganz deutlich. Ratsch, ratsch. Ratsch, wurde es von seinem Arm gekratzt. Die schützende Hautschicht war längst in Schuppen auf seine Schuhe gerieselt, in seinem Kopf sah er jetzt das Sandpapier, glaubte zu erkennen, wie es die Blutkörperchen aus der Flüssigkeit kratzte und roch sein Blut. Das Blut, das ihm vor zehn Jahren über die Arme gelaufen war. An seinem ersten Tag im

Verhör. Dem Test, der Tortur, der Folter. Heute wusste er, was sie mit ihm gemacht hatten, war in ihren Augen noch lange keine Folter. Eher Überzeugungsarbeit, es hatte geklappt. Bei ihm, aber nicht bei ihr. Die Erinnerungen schütteten sich plötzlich heftig über ihm aus, die Gründe seiner Traurigkeit, er sah diese Bilder, die er schon damals nicht hatte ertragen können. Damals, als er noch nicht willenlos war. Noch kein Folterknecht, Vergewaltiger, Mörder. Als er noch nicht Mohamad Hassan war. Als Andra noch lebte.

*

„Wer sind Sie wirklich?“ Meine Worte hingen in der Luft, er schien sie zu betrachten, zu prüfen. Sagte zu lange nichts, als dass ich ihm seine Antwort hätte glauben können. „Kalem Ryshad. Ägypter.“

„Kennen Sie Mohamad Hassan?“

„Nein. Wir Muslime nicht alle kennen. Auch, wenn ihr immer glaubt.“

„Aber Sie müssen zugeben, er sieht Ihnen schon extrem ähnlich …“ Ich schob das Ausweisfoto in sein Blickfeld, er sah es nicht an, sondern sah mir dagegen fest in die Augen.

„Sie kotzen mich an. Total.“ Er spuckte auf das Foto.

„Ihr Deutschen habt keine Ahnung, alle Fremde gleich, aber wir nix alle gleich, sehen nix gleich aus."

„Aber Sie und Mohamad …"

„Vielleicht ich besser Geschichte erzähle?"

„Eigentlich nicht."

„Aber sage ich doch. Zur Fußball-WM zehn Asiaten mit einem Pass nach Südafrika gefahren und alle wohnen in eine Hostel für Weiße. Einer kommt, schickt Pass zurück und dann zweite kommt. Und niemand gemerkt. Nur Chef vom Hostel hat gewundert, weil plötzlich so viele Menschen."

„Sie wollen sagen …"

„Ich nichts mehr sagen. Ich gehen."

Die Arme vor die Brust geklemmt saß er auf meinem Besucherstuhl. Sein Blick brannte auf mir, ich fühlte mich schäbig. Eklig. Dumm. In seinen Augen war ich schäbig, eklig und dumm. Falls er sich überhaupt die Mühe gemacht hatte, sich ein Urteil über mich zu bilden.

»Eine Frage noch. Kennen Sie diesen Mann?« Ich schob ihm ein Foto von Leander Lore unter die Augen, das Claudia mir geschickt hatte. Seine Augen verengten sich, scharf zog er die Luft durch die Nase in die Lunge. »Das ist Hanna Stiegs Freund, klar kenne ich den.«

»Wie gut?«

»Nix gut.«

»Woher kennen Sie ihn?«

»Er oft bei Hanna im Büro. Ich denken, vielleicht er Chef.«

»Ihr Chef? Warum dachten Sie das?« Neben mir notierte Haffner angestrengt das Gesagte, sah nicht auf.

»Hat mit ihr gesprochen wie Chef.«

»Danke, Herr Ryshad. Sie bekommen die Anzeige wegen Körperverletzung gegen meinen Kollegen per Post zugestellt.«

»Nach Kairo?«

»Nach Leipzig.«

»Mir egal.«

»Geben Sie mir keinen Grund, Sie wegen Fluchtgefahr schon wieder dem Haftrichter vorzuführen.«

»Auch egal.«

Vielleicht war es wirklich so, dass ich Angst vor ihm hatte, in jedem Fall wollte ich ihn aus meinem Büro haben. Aus dem Gebäude haben, weit weg von mir.

»Sie können dann gehen.«

*

Wie viele in Blut getränkte Lappen, die einst Sandpapier waren, schon um ihn herum lagen, interessierte ihn nicht. Nur, wie viele trockene es noch gab. Bald, dachte er, müsste dieser Mann doch auf seinem Oberarmknochen angekommen sein. Warum nahm er nicht gleich eine Feile, seine Gedanken versuchten alles, um sich vom kreischenden Schmerz zu lösen.

Zwischen das Kreischen, das vermutlich sogar aus seinem Mund kam, und das Rufen seiner Gedanken schob sich immer wieder die gleiche Frage. Er verstand sie nicht. Sie war inhaltsleer für seinen Verstand, doch irgendwann sagte er einfach: „Ja! Mein Gott, was auch immer, wir waren das!" Er wollte nur, dass es aufhörte. „Schwächling", murmelte der Mann mit der Polizeiuniform. Er trat aus dem Schatten in seiner Ecke, legte ihm ein Verhörprotokoll vor die Hände und schob einen Stift zwischen seine zitternden Finger. Die unterschrieben, hatten sich vom Rest seines Körpers gelöst, warteten nicht auf den Befehl seines Gehirns, nur auf den aus dem Mund des Polizisten.

„Dein Schneckchen war noch nicht so klug. Mitkommen."

Schneckchen? Andra? Andra!

Seine Beine fühlten sich an, als wären sie mit Watte gefüllt. Hielten ihn kaum. Auf dem Weg in den Keller, stützte er sich ab, wo er konnte, zog sich vorwärts an Türklinken, versuchte die

Schwärze vor seinen Augen zu vertreiben. Plötzlich öffnete sich eine Tür, schummriges Licht erfüllte seine Augen, umrahmte eine Gestalt auf dem Boden. Dem Betonboden. Nackt. In Blut liegend. Andra.

„Kalem.“ Hatte sie wirklich seinen Namen gesagt, oder war es nur ein Hauch, den das Öffnen der Tür an sein Ohr gewirbelt hatte? Eine Frage, die sein Hirn ausfüllte, die er zwang, sein Hirn auszufüllen, denn er hatte Angst vor der eigentlichen Frage. Der naheliegenden Frage. Vor der Frage, die Gewissheit wurde, als einer der Männer im Raum mit seinem Stahlkappenstiefel gegen ihren Kopf trat. Das Ausbleiben von Reaktionen, das Nicht-mehr-Fließen des Bluts. Kein Herz schlug mehr, um es aus ihr heraus zu pumpen.

*

„Thomas!“ War das meine Stimme? So furchtbar fremd. „Gibts was neues?“ Hoffentlich bei Anruf: Infos.

„Die Waffe, mit der unser Chef erschossen wurde. Willst dus hören?“

„Die gleiche?“

„Nein. Besser. Eine Heckler & Koch MP5.“

„Ach was?“

Seine Sätze überschlugen sich, er knetete die

Abläufe der letzten Tage zu einem bunten Ball zusammen, dennoch meinten wir beide das Selbe. „Also die gleiche Waffe, wie die auf dem Foto in Hanna Stiegs Ordner?“

„Exaktermente. Jetzt mach was draus, meine Leute fahnden nach der Waffe, du nach dem Schützen.“ Aufgelegt.

Und Hanna Stiegs Mörder, kam mir der Gedanke. Ich startete mein Notebook. Wie spät ist es eigentlich?, dachte ich und im gleichen Moment war es mir egal. Heute kümmerten sich Davids Eltern um Helene und Jacob. Die Dunkelheit vor meinem Fenster könnte auch aus mir heraus kommen, endlich leuchtete der Desktop auf und erhellte mehrere Post-its auf der sonst vollkommen leeren Tischplatte. Meine Memos an mich selbst, Gedankenstützen und etwas, das nicht ich geschrieben hatte: Leander Lore ist eine Hure.

Na hoffentlich weiß Claudia davon, ging es mir durch den Kopf. Erst ärgerte ich mich über so viel Zynismus, doch half er mir bei der Einsicht, von wem der Zettel stammte. Die Schrift glich der Kalem Ryshads. Ich navigierte mich durch mein Smartphone, fand Claudias Nummer in der Anrufliste und drückte auf Verbinden.

„Charlotte? Ich kann nicht reden, komm her.“

Ihre Stimme ein Flüstern, keine Antworten mehr auf meine Fragen, ich glaubte, ein Röcheln zu hören, dann war die Leitung tot. Leander Lore ist eine Hure, die Worte standen auf meine Netzhaut geschrieben. Während ich aufstand, schrieb ich eine SMS an Thomas Haffner. „Ferdinand-Lassalle-Straße, in zehn Min!!!“ Doch schon beim Senden wusste ich, selbst die zehn Minuten wären zu lang.

*

Es quälte ihn, warum ihn die Frage Warum ließen sie mich hier bei ihr sitzen?, mehr beschäftigte, als Warum haben sie das getan? Es quälte ihn, weil er die Antwort auf eine der Fragen kannte, weil die Schuld in seinen Knochen steckte. Der Raum war so dunkel, seine Augen trüb und tot, er roch das Gemisch zweier ineinander laufender Blutlachen, wobei nur noch eine sich langsam weiter füllte. Er wusste, sie waren noch da, irgendwo in diesem Raum, in einer der Ecken und warteten. Doch er sagte nichts. Nicht, weil er etwas zu verschweigen hätte. Nur, weil all seine Worte Andra gehört hatten. Und die war nun tot und er musste für sich erst klären, wer seine Worte erben würde. Ihrer würdig war, obwohl er im Grunde nichts mehr zu sagen hatte. Nie mehr. Wem auch? Niemand außer Andra hatte ihm je zugehört, er legte seine Hand auf ihren zertrümmerten Schädel, wollte ihre Haare aus dem Gesicht streichen und zog nur ein klebriges Büschel aus dem Fleisch. Seine Finger schlossen sich fest um das Büschel, er sah es nicht, fühlte es nur, spürte darin seine Liebe, sie hatte sich verfangen in diesem Büschel Haare. Verklebt vom Blut seiner Andra war seine Liebe gefangen, er spürte sie, drückte sich das Büschel an den Mund, küsste es, schmeckte das Blut, ihr Blut, sein Blut, sein Leben, das nun vorbei war.

Aus irgendeiner Ecke drang ein Raunen zu ihm, es kümmerte ihn nicht, immer fester und heftiger küsste er das Büschel, immer weiter fielen endlich seine Gefühle von ihm ab. Einfach so, er leerte sich, drohte zu bersten, wollte schreien, konnte nicht, wollte erzählen, etwas sagen, klagen, schaffte es nicht. Die Worte steckten in ihm, das Gefühl, alle Gefühle, selbst der Schmerz in seinen Armen, verschwanden, weg, für immer. Und was blieb, war die Leere. Die köstliche, wundervolle Leere, die nun auch endlich die störenden Tränen aus ihm heraus drückten. Haut ab, Tränen, ich brauche euch nicht mehr!, schrie er in sich hinein und war plötzlich leer. Nur noch eine Menschenhülle. Und nun wusste er auch, warum sie ihn hier sitzen ließen. Es leerte ihn aus, seine Liebe neben sich tot zu sehen. Und sie wollten ihn leer, seine Liebe brauchten sie nicht. Das Menschenleben als Mittel zum Zweck. Und all das nur, weil sie in der Dunkelheit nach der Sperrstunde, Hand in Hand, durch die Seitengassen Kairos gelaufen sind. In deren Arme, in ihr Verderben.

*

„Es macht keiner auf, Charlotte. Sie ist nicht hier." Thomas hatte seine Jacke über die Schultern gehängt, die Arme vor dem Körper verschränkt und stand geduckt neben mir, als könnte er sich vor den Regentropfen wegducken.

„Sie ist hier. Irgendwas stimmt da nicht."

„Der typische Tatort-Satz. Charlotte, lass uns gehen. Wir können hier nicht die Tür eintreten."

„Aber den Schlüsseldienst rufen."

„Hast du irgendwo einen Durchsuchungsbefehl versteckt?"

Thomas war bereits die Steinstufen hinabgestiegen, als der Türöffner plötzlich summte. Ich sparte mir meinen anklagenden Blick, drückte einfach die Tür auf und trat in die Wärme des Hausflurs. Beinahe wäre sie zurück ins Schloss gefallen. Vorwurfsvoll warf sich Thomas Haffner von außen gegen die Tür und strich sich über die dünnen Haare. Mit den Fingern schob er das Regenwasser von der glatten Kopfhaut, wie Tropfen vom Inneren einer Duschkabine. Ein kleiner Schwall ging zu Boden, färbte den Läufer unter ihm dunkel und würde verschwinden.

Ich hörte, wie eine der Wohnungstüren geöffnet wurde, niemand sprach, fragte etwas oder rief. Einen Moment verharrten wir in der Stille und in mir festigte sich eine Ahnung …

Leander Lore stand in den Türrahmen gelehnt, ganz offensichtlich nicht gewillt zur Seite zu treten. In seinem dunklen Jogginganzug sah er plötzlich aus, wie der nette Nachbar, nicht mehr wie der bornierte Schnösel. Seine Augen wanderten unruhig auf der Suche nach etwas, das es nicht gab.

„Claudia ist nicht hier“, flatternde Stimme, der Versuch überzeugend zu klingen.

„Wie kommen Sie darauf, dass wir nach Claudia suchen?“, Thomas' Stimme hinter mir, er drehte seine Jacke zusammen, versuchte das Wildleder auszuwringen, ich unterdrückte den Wunsch, es ihm um die Ohren zu hauen.

„Eingebung. Was wollen Sie dann?“ Wieder das Suchen mit den Augen. Ich folgte seinem Blick, Thomas' Gürtel schien interessant. Vermutete er eine Waffe? Handschellen?

„Können wir vielleicht kurz reinkommen?“

„Nein. Sagen Sie mir doch einfach, was Sie wollen, okay?!“

„Auf dem Hausflur?“

„Auf dem Hausflur! Ich scheiß auf mithörende Nachbarn.“

„Dann werden wir Sie wohl mit ins Präsidium nehmen müssen. Solche Gespräche werden nicht auf dem Flur geführt. Datenschutz.“ Gut improvisiert, dachte ich und drehte mich zu Thomas um. Der tat, als suche er nach den Autoschlüsseln in den Taschen seiner zerknautschten Wildlederjacke. Obwohl er der Leiter der Spurensicherung war, machte er sich glänzend als Austauschkommissar.

„Sie können mich nicht mitnehmen. Das wissen Sie genauso gut wie ich. Ich habe ein Alibi, Sie haben den blöden Fahrschein, oder haben Sie den schon weggeschmissen, Frau Kommissarin?“ Das Hochziehen der Augenbrauen verstärkte seinen belustigten Blick. Noch ein wenig breiter machte er sich in dem Türrahmen, stellte sich breitbeinig auf und sah zu mir herunter.

„Kann ich wenigstens mal bei Ihnen aufs Klo?“, fragte nun ich und sah mit festem Blick zurück.

„Wenn ich dabei zuschauen darf“, obszönes Lächeln, Männer sind so einfach, erschreckend. Ich presste ein Lachen hervor und drückte mich an ihm vorbei in die Wohnung. Hinter mir baute er sich wieder auf, beobachtete Thomas, der als einziger eine Gefahr darzustellen schien. Beim Blick durch den Flur versuchte ich mich an den ersten Besuch in seiner Wohnung zu erinnern, fand den Punkt, an dem Lasslo in Lehrbuchhaltung gestanden hatte, und öffnete die Tür zum Wohnzimmer. Auf dem Fußboden verteilt liegende Papiere wären vielleicht normal während des Erledigens einer Steuererklärung. Ein Großteil waren Fotos und Kontoauszüge, ich erkannte das Heckler & Koch MP5 Gewehr auf einem der Fotos und spürte das Adrenalin in mir aufsteigen. Jetzt horchte ich mehr in den Raum, als dass ich sah, versuchte Claudias vertraute Stimme, ein Atmen oder irgend ein Zeichen von ihr zu vernehmen. Irgendwo hing Claudias Donna Karan Parfum in der Luft.

„Das Klo ist auf der anderen Seite, Frau Kommissarin." Ich schreckte aus meinen Gedanken, drehte mich um und versuchte, kokett zu lächeln, sah, wie Thomas einen Schritt von der Tür weg machte, versuchte, Leander Lores Blick wieder auf sich zu ziehen. Unter den Augen Leander Lores ließ er sich auf eine Treppenstufe sinken und sah ihm auffordernd ins Gesicht. Die Schultern der Gestalt entspannten sich, die Gefahr, welche auch immer, schien gebannt, ich war mit jedem Moment seiner Anspannung sicherer, dass Claudia hier war. Irgendwo. Und dass es einen Grund hatte, warum sie sich nicht zeigte. Vielleicht nicht zeigen konnte. Nicht einmal merkte, dass jemand da war, dass ich da war.

Ich vermied den Blick auf die Wanduhr, mir direkt gegenüber, als ich nun die Wohnzimmertür hinter mir schloss und wieder im Flur stand. Ich schob eine andere Tür, die vom Flur wegführte, auf und hoffte, sie würde zum Schlafzimmer führen. Erst jetzt fiel mir ein, ich hatte keinen Plan. Die an die Bettpfosten gebundenen Frauenfüße, die zum Vorschein kamen, schoben plötzlich die Möglichkeit in mein Bewusstsein, Leander Lore könnte bewaffnet sein.Und mich erschießen, weil er glaubte, ich sei hinter sein Geheimnis gekommen, das ich jedoch noch nicht kannte. Mechanisch schob ich die Tür weiter auf, versuchte zu verdrängen, was passieren könnte und merkte bei meinen Überlegungen nicht, wie der Schock in meine Glieder fuhr, als ich Claudias gefesselten Körper erkannte.

*

Seine ersten Schritte an diesem sonnigen Juni 2005 auf den Fluren der Universität von Kairo hatte er sich anders vorgestellt. Hand in Hand mit einer Frau, deren Name ihm schon nicht mehr einfallen wollte. Er hatte nicht die Kraft, und schon gar nicht den Willen, nach ihm in seinem Gedächtnis zu graben, denn das war nur noch ein tiefes Loch. Sein Kopf musste vollkommen neu gefüllt werden. Er wusste nicht einmal mehr, warum er sich fühlte, wie er, wie Kalem Ryshad.

Und warum taten seine Oberarme so weh?

Trotz allem genoss er seine ersten Schritte. Merkte, hier erfüllte sich für ihn so etwas wie ein Traum. Zweifelte noch, ob es sein Traum war. Hatte keine Wahl, nur wenige bekamen diese Chance. Wo kam eigentlich das Geld hierfür her?

Er wollte es nicht wissen. Aber tief in seinem Inneren wusste er es bereits.

Also setzte er sich viel zu früh in den Vorlesungssaal, um ihn herum vereinzelt andere Erstsemester-Studenten, unverschleierte Frauen, die Haare lagen ihnen offen um die Schultern. Er spürte nichts, wenn er sie ansah, sie waren einfach da, wie eben auch die anderen Männer, redeten, lachten, sprachen in ihre Telefone.

Als ein junger Mann sich neben ihn setzen wollte, zuckte er zusammen, legte eine Hand auf den Verband am Oberarm und erntete einen erschrockenen Blick. „Tschuldigung,“, murmelte er, „ich war in Gedanken.“ Bekam keine Antwort. Zerstörte Gesichter wie seines gab es zu viele in seinem Land, als dass man sich um eines scheren konnte. Der junge Mann ließ sich trotzdem neben ihm nieder, vielleicht war auch er hierher gekommen wie Kalem selbst, mit dem Geld der ägyptischen Polizei. Er genoss es, nicht mit dem Fremden reden zu müssen, malte ein Galgenmännchen auf seinen Block und zuckte erneut, als ein älterer Mann im Anzug einen Stapel Bücher auf das Pult vor ihnen fallen ließ. Das war alles an Begrüßung, er redete sofort los und schickte Kalem und seinen Sitznachbarn in neue, akademische Welten. Während er trotzdem versuchte, wichtige Schlagwörter mit zu schreiben, fragte er sich, ob sie beide vielleicht die einzigen neuen in diesem Semester waren. Seine Gedanken liefen ihm davon, schon lange hatte er aufgehört, irgendetwas aufzuschreiben. Am Ende der Vorlesung bemerkte er die Ähnlichkeit seines gezeichneten Galgenmännchens mit ihm selbst.

*

„Danke Ihnen, das war wirklich nötig", wieder dieses gepresste Lachen aus meiner Kehle, ich wollte raus, an ihm vorbei, doch er blieb in der Tür stehen. Sah mich an. Thomas Haffner stand hinter ihm von seiner Treppenstufe auf, ich zwang mich zu lächeln.

„Sie bekommen die Vorladung zur Aussage

per Post.“ Dankbar für Thomas’ feste Stimme, fand ich den Moment an Leander Lore vorbei zu kommen, viel zu dicht an seinem Körper entlang, nahm den sauren Geruch getrockneten Schweißes wahr. Doch selbst der konnte Claudias DKNY nicht aus meiner Nase vertreiben. Sobald sich die Haustür hinter uns geschlossen hatte, zog ich mein Smartphone aus der Jackentasche.

„Du warst auf keinem Klo, hab ich Recht?“

Ich suchte mich durchs Telefonbuch, wollte schreien, das Scheißding in den nächsten Randstein feuern. Jeder, den ich hätte anrufen wollen, lag verletzt irgendwo herum. Claudia ist noch hier drinnen, vielleicht ist sie nicht tot, vielleicht war es ein Spiel, SM, mal was Neues probieren.

„Was hast du gesehen, Charlotte? Deine Hände zittern.“

„Frag nicht was, sondern wen.“

„Ich wills dir nicht aus der Nase ziehen, sag es einfach.“

„Claudia! Ihren Körper. Gefesselten Körper. Ich glaube, sie stirbt, Thomas. Wir müssen da rein!“

„Worauf warten wir dann noch? Wir sind doch zu zweit, er ist alleine!“

„Er ist bewaffnet, Thomas. Ich habe auf dem Boden in seinem Wohnzimmer Fotos von Waffen gesehen. Von der Tatwaffe. Dieser Mann hat nicht nur Fotos! Es ist viel zu gefährlich, zu zweit da rein zu stürmen!“

„Aber Charlotte, du warst doch schon drin!“

Jetzt holte er sein eigenes Telefon hervor, wischte zwei mal über das Display und hielt es sich ans Ohr. Ich sah Leander Lore am Küchenfenster stehen, hinter einer gelben Gardine, seine Silhouette stand still, ich ging auf meinen Wagen zu, er blieb vollkommen unbewegt stehen.

Als Thomas Haffner seine Kommandos an Roman Schelter fertig durchgegeben hatte, sagte ich zu ihm: „Wir müssen wegfahren, dreh dich nicht um, er steht am Fenster und beobachtet uns. Wer weiß, was er tut, wenn er denkt, wir hätten etwas gemerkt.“

„Gut, lass uns um die Ecke fahren.“ Er ließ sich auf den Beifahrersitz fallen, gestikulierte ein beiläufiges Gespräch mit den Händen.

Ich bog in die Hauptmannstraße, glaubte von der Käthe-Kollwitz-Straße her bereits die Sirenen der Kollegen zu hören und hielt, die Warnblinkanlage nutzend, in zweiter Reihe. Zu Fuß gingen wir zurück, trafen noch knapp vor den Streifenwagen ein und hielten uns in der Nähe der Bäume am Rande des Johanna-Parks. Der leichte Nieselregen lief uns von den Gesichtern, selbst Thomas Haffner hatte seine Jacke im Auto liegen gelassen, vielleicht genoss er es, dank des Regens, die Tränen nicht länger festhalten zu müssen.

In der Dunkelheit waren die Einsatzwagen bereits von Weitem zu sehen, sie umstellten den Eingang der Nummer 10 und spuckten bewaffnete Polizisten aus.

Ab hier ging alles ganz schnell. Türen flogen auf, Räume blieben leer, keine Antworten auf ihr Rufen.

„Er ist nicht mehr hier", hörte ich jemanden sagen. Nicht mal ein kleines bisschen überraschte es mich, erst, als sie die Tür zum Schlafzimmer aufstießen, kam Leben in die Polizistenmasse.

Ich sah all das, wie durch einen Schleier, als sei es gar nicht ich, die hier steht, ihre mittlerweile blau angelaufene Freundin an sich vorbei getragen sieht. Als schaute ich von irgendwo her, vielleicht aus dem Fenster gegenüber, mir selbst zu. Wie durch Watte drangen Geräusche zu mir durch, alles leer, nichts mehr da, keine Papiere. Keine Fotos. Nichts mehr.

*

Tatsächlich war der Student, der neben ihm gesessen hatte, schon in ihre Arme gelaufen, bevor Mohamad Hassan kam, der zu diesem Zeitpunkt noch nicht Mohamad Hassan hieß. Nicht wusste, wie er hieß, wie er plötzlich hierher gekommen war, warum er den Studenten schon mal gesehen hatte. Der sah aus, wie Mohamad sich fühlte, nur unverletzt. Die Polizei-Ausbilder sahen ihn erwartungsvoll an, einer der drei drehte eine Waffe in den Fingern. Für einen Moment glaubte der junge Ägypter, er würde ihn erschießen. Jeden Fehler kannst du genau ein Mal machen, hatten sie gesagt, aber viele danach kein zweites Mal. Offenbar galt das Zu-spät-Kommen nicht als Fehler, oder sie erschießen ihn erst nach dem zweiten Mal.

Während er in die Augen seines Sitznachbarn sah, die Leere darin erkannte, sich selbst darin erkannte, wurde ihm auch langsam wieder bewusst, warum er auf der Uni war, wo sie jetzt hingingen, aber nicht, warum er sich zu ihrem Arschloch gemacht hatte.

Die Nachmittagssonne brannte ihnen im Nacken, er setzte seine Sonnenbrille auf und lief hinter den anderen Männern her. Die Hand in seinem Gesicht kam viel zu plötzlich, als dass er seine Brille vor dem Absturz hätte retten können, sie flog ihm von der Nase, landete auf dem Beton und verwandelte sich kurz in einen blutigen Kopf, als der schwere Polizeistiefel auf sie nieder ging. Das Knacken klang wie das Brechen ihrer

Knochen, sie lachten ihn aus. Es war nur ein kurzer Moment, in dem er sich erinnern konnte, wem IHRE Knochen gehört hatten.

»Privileg der höheren Ränge, ihr Anfänger«, begründete einer der drei Polizisten grinsend und schob sich seine eigene Sonnenbrille auf die Nase. Mohamad traute sich nicht, auf das Gerippe zurück zu schauen, ging weiter voran und saß plötzlich auf der Ladefläche eines Isuzu Pickups. Ohne Sonnenbrille.

Der andere schwitzte still, vielleicht waren die Perlen auf seinen Wangen auch Tränen, Mohamad wollte es nicht wissen. War froh, aus dem Stadium des Selbst-etwas-fühlen und Denken-müssen heraus zu sein und versuchte vor allem, nicht mit den Oberarmen gegen die Metallwände des Wagens zu stoßen. Der rumpelte durch die abgelegendsten Straßen, er wollte nicht darüber nachdenken, ob es Absicht war, wenn wieder ein Schlagloch dazu beitrug, dass sie mit ihren Köpfen gegen das Metall krachten. Er wollte überhaupt nicht mehr nachdenken. Was er wollte, war studieren, raus aus der Armut seiner Familie. Bildung, das hatte er so oft gehört, sei der Schlüssel zu einem besseren Leben, und wenn dies der Preis für ihn war, dann nahm er ihn in Kauf. Er glaubte an sein Land, Ingenieure wurden gebraucht, überall auf der Welt.

Warum also nicht etwas für sein Land tun, als Polizist?

Tief in ihm wusste er warum, schrie etwas bei dieser Frage. Er ließ es nicht zu, schluckte und schluckte, versuchte dieses Etwas in sich zu ertränken und schloss die Augen. Bis der nächste Schlag in sein Gesicht donnerte, schiefe, gelbe Zähne ihn angrinsten und er sich vom Pick-up schob.

„Grundausbildung. Zwei Jahre stehen nun vor Ihnen, meine Herren. Wir geben Ihnen ein Studium und nehmen dafür Ihre Muskelkraft. Glauben Sie mir, das lässt sich trennen. Wer braucht schon Muskeln in der Uni? Und denken sollen Sie auf diesem Gelände sowieso nicht." Seine Arme machten eine ausladende Bewegung. Versuchten, alles um sie herum zu erfassen. Aus dem sandsteinfarbenen Flachbau hinter ihnen kam ein Mann angerannt, zwei übergroße Rucksäcke in den Armen, die er vor Mohamads Füße fallen ließ. Neben ihm zitterte ein Körper, wohl hergeschickt damit er sich die Uni-Gebühren sparen kann, schien der Aufgabe aber nicht gewachsen zu sein.

Er bückte sich, hob beide Säcke auf und schritt durch den Sand auf das Gebäude zu.

*

Ich stand in der Mitte des Wohnzimmers, in dem ich eben erst die Fotos und Kontoauszüge hatte liegen sehen. Versuchte Brandgeruch zu erkennen, doch roch nichts. Sie waren noch da, die Papiere, nur nicht mehr hier.

Ich öffnete sämtliche Schränke, zog Mappen, Bücher und Schachteln heraus und öffnete alles. Keine Fotos. In einer der Schachteln lag zwischen CDs und Kassetten ein Brief, ohne Umschlag, in weiblicher Handschrift. Hingekritzelt, wie in Eile oder Angst, trotzdem unverkennbar weiblich. Ich überflog die Worte, erkannte Hanna Stieg als Urheber.

Ich lasse mich von einem wie dir nicht mehr erpressen. Dein Geld ist für mich wertlos geworden, Leander, ich habe mein eigenes. Ich will nicht mehr deine Vorschiebefrau sein, will keinen Diktatoren, Militärregimen und Polizeistaaten mehr Waffen verkaufen für schmutziges Geld. Ich steige aus. Dein Polizeikorrupti Dück wird mich decken, der lässt sich nämlich von allen möglichen Seiten schmieren. WesTex gehört dir, ich will es nicht mehr.

Unterschrieben waren die Worte mit einem sorgfältigen Hanna, ein Datum fehlte, doch das konnte ich mir denken. In meinem Kopf kamen zu viele Dinge zusammen, Polizeikorrupti Dück, mein eigener Chef erpressbar im Namen der Waffen. Was ich noch immer nicht verstand, warum er ermordet wurde. Warum Claudia beinahe tot ist. Hat sie die Fotos gefunden?

Schlagartig wurde mir übel, ich schob den Brief zwischen die Seiten meines Notizblocks, hörte die Schritte Thomas Haffners im Schlafzimmer und begann, nach ihm zu rufen. Die Stimme fiel zu dünn. Die Kraft beinahe aufgebraucht, spürte ich noch, wie es um mich herum dunkel wurde.

*

„Charlotte?“, zu mir. „Sie ist wach!“, irgendwohin. Ich spürte Davids Hand auf meiner Stirn, irgendetwas an meinen Lippen und schlug die Augen auf. Nebel. Wabernder weißer Nebel. Durch ihn hindurch schimmerten Davids Augen, in ihnen Liebe, Wärme.

Eine Frau stand plötzlich neben ihm, legte ihre Hand auf seine Schulter und sagte etwas. David ging zurück, ich wollte ihn festhalten, Bewegen war unmöglich, mein Körper gefüllt mit Steinen.

„Frau Petzold?“, drang es an mein Ohr. „Ja.“ Ein Lächeln in den Gesichtern um mich herum.

„Na, das war ja ein schöner Schwächeanfall, den Sie da erlitten haben. Sie sollten mehr schlafen und vor allem, mehr Wasser trinken." Sie klopfte mit dem Kulli auf dem Klemmbrett, ich erfasste keins ihrer Wörter, sah nur, wie erleichtert David aussah und musste plötzlich lächeln.

„Schwächeanfall?"

„Schwächeanfall! Ich lese ja regelmäßig Zeitung und kann mir ihr Arbeitspensum erahnen, Frau Petzold, ich möchte behaupten, dieser Zusammenbruch war abzusehen. Aber schön, jetzt können Sie sich ja ausruhen, nun haben Sie den Mann ja." Es dauerte viel zu lange, ehe ich den Sinn ihrer Worte erfasste. Sie steckte den Kulli in ihre Brusttasche, sagte noch etwas zu David und war aus dem Zimmer, bevor ich nachfragen konnte. Mit geöffnetem Mund sah ich David an, er schüttelte den Kopf.

Ich entspannte meine Nackenmuskeln, mein Kopf sank noch tiefer in die weiße Kissenwolke.

*

Diese Nacht, die eigentlich seine letzte in der Polizei-Ausbildung sein sollte, wurde von der letzten zur ersten. „Ryshad", riefen sie, noch drei andere Namen, sie folgten, kifften, soffen. Zurück kam Kalem aus diesem Zimmer nie mehr. Seine Seele blieb hängen an dem nackten Mädchen, das irgendeine Strafe zu bekommen hatte, er erinnerte sich nicht mehr. Zurück aus diesem Raum kam nur Mohamad.

Kalem Ryshad ging weiter zur Uni, brachte sein Studium zu Ende, um in die Arbeitslosigkeit entlassen zu werden, Mohamad blieb bei der Polizei, würde in seinem Beruf nie arbeitslos werden.

*

„Gansel!“, was war lauter, sein Name aus meinem Mund oder das Knallen der Tür gegen das Regal dahinter. So schnell, wie ich mich selbst aus dem Krankenhaus entlassen hatte, war ich auch schon wieder am Rande meiner mentalen Kraft. Als ich die E-Mail des Staatsanwalts las, zerbrach meine Illusion, Leander Lore finden zu können.

„Eingestellt? Sie haben die Ermittlungen eingestellt?“

Ich schmiss mich auf seinen Besucherstuhl, ihm meine Worte um die Ohren. So wenig war ihm das Leben von Dück und Hanna Stieg wert? Keine weitere Sekunde Arbeit?

„Frau Petzold, Leander Lore ist weg, nach ihm wird natürlich weiter gefahndet, die Mordwaffe zum Tatort Hanna Stieg lag bei ihm in der Wohnung. Wenn Claudia Eckart aus dem Koma aufwacht, wissen wir sicher mehr. So lange müssen wir uns anderen Arbeiten widmen." Seine Stimme kalt, im Gesicht hing ein eisiges, freudloses Lächeln.

„Das kann ich nicht glauben, Gansel! Dass Sie es wirklich schaffen mich das sagen zu lassen: und was, wenn Claudia nicht aufwacht? Wenn sie doch stirbt? Oder sich an nichts mehr erinnern kann?"

„Dann haben wir eben auch mal Pech gehabt."

„Auch mal … Wie bitte?"

„Frau Petzold. Merken Sie es nicht? Das war kein Mord aus Eifersucht oder Rache oder Habgier. Der Mord an Hanna Stieg war nur einer von hunderten in einem Netzwerk organisierten Verbrechens. Ein Auftragsmord. Vielleicht wollte sie auspacken, da musste sie weg. Fassen wir den Mörder, schießen zwei neue nach, wie Pilze."

„Sie wollte nicht auspacken. Sie wollte aussteigen." Ich knallte ihm den Brief von Hanna Stieg an Leander Lore auf die Tischplatte, seine Miene zuckte nicht einmal. „Außerdem, woher wollen Sie wissen, wie viele nachkommen?", sagte ich ihm mit festem Blick ins Gesicht, seine eiserne Ruhe drehte mir den Magen um. Es erschreckte mich, wie wenig Gansel sich für das Leben seiner Kollegen interessierte. Meine Freundin und langjährige Kollegin lag im künstlichen Koma, ich konnte meine Emotionen nicht mehr im Zaum halten, am Rande meiner psychischen Kraft konnte ich meine Worte kaum mehr kontrollieren. „Ohne abschließende Ermittlungen können Sie gar nichts wissen! Wir müssen weiter ermitteln!“, brachte ich in der Hoffnung, vernünftig zu klingen, hervor.

„Frau Kommissarin, ich bitte Sie. Sehen Sie sich das an, das habe ich in Albrecht Dücks Büro gefunden.“ Sein Blick haftete an meinen Augen, den Brief vor ihm hatte er noch keine Sekunde lang beachtet. Auch jetzt nicht, während er mir einen Stapel Kontoauszüge zuschob. Auf den Ausdrucken vor mir stand Albrecht Dücks Name. Mit einem gelben Textmarker hatte Gansel verschiedene Kontobewegungen markiert. Mir wurde schlecht.

„Sind das Dücks private Auszüge?“

„Sind es. Haben Sie denn dienstliche?“

„Zwanzig Tausend Euro, überwiesen einen Tag vor dem Mord an Hanna Stieg, Absender: Franka Grundig“, stockendes Vorlesen. Diese Zahlen schwarz auf weiß ließen auch meine letzten Zweifel an Dücks korrupter Persönlichkeit zerfallen.

„Franka Grundig, das ist die Sekretärin von WesTex, die angeblich ein Konto auf den Cayman Islands hat. WestTex, das Unternehmen, das Leander Lore gehört. Und der ist doch nebenbei bemerkt auch der Neue von Frau Eckart, nicht wahr? Ich vermute mal, Frau Grundig sollte von der Stelle der Sekretärin auf Hanna Stiegs Posten vorrücken."

Ich überging die Spitze. „Und noch mal zwanzig Tausend einen Tag nach dem Mord. Weil er dichtgehalten hat. Darum wollte er unbedingt, dass Mohamad Hassan der Täter war, obwohl er wusste, dass Leander Lore der Auftraggeber war. Auf früheren Auszügen finden sich auch noch regelmäßige kleinere Zahlungen von diesem Konto auf das von Dück." Vor mir setzte sich das Puzzle zusammen. „Mein Gott, Dück war ein scheiß korrupter Drecksarschlochbulle! Und mein Chef! Mein Gott! Und Sie? Wollen das einfach einstellen, obwohl Sie sehr wohl wissen, wer es war?! Wissen Sie auch, wo die Waffen hin geliefert wurden? Wie viel Geld bekommen Sie denn jetzt an Dücks Stelle, Gansel?" Sein eisiges Grinsen wurde fester, er sagte nichts, sah mich nur an. „Dück musste weg, weil er sich auch von Hanna Stieg hatte bestechen lassen. Da, lesen Sie! Wussten Sie das?" Auch jetzt hatte er nicht mehr als ein eisiges Lächeln für mich übrig, ich war mir immer sicherer, dass nicht nur Franka Grundig den Platz einer Toten eingenommen hatte, sondern auch der Staatsanwalt Gansel. Wer Geld hat, hat die Macht. Gansel sagte nichts, grinste nur weiter bestätigend. Wie es ab diesem Punkt genau weiter ging, weiß ich nicht mehr. Das Einzige, woran ich mich erinnern kann, ist, dass mir schwindlig wurde. Eine Mischung aus Wut und Erschöpfung entlud sich in mir. Ich nahm den Rat der Ärztin dann doch an, und ließ mich krankschreiben. Vielleicht für immer.

*

Ein paar Stunden zuvor:

Kalem Ryshad war aus dem, was diese Polizistin Verhörraum genannt hatte, direkt zu seiner Altbauwohnung gefahren. Auf seinem Balkon flackerte ein Feuer im Grill, fraß Fotos, Mohamads Pass, Mohamads Leben, aber nicht Kalems Ängste. Diese Kommissarin hatte nicht gemerkt, dass er beide Pässe eingesteckt hatte, schließlich waren es beides seine. Er wollte nur noch einen, wollte, dass Mohamad nie mehr zu ihm zurück kam.

Die Waffe, versteckt im hohlen Fernseher, samt Munition, die er auch in Ägypten schon mehrfach in den Händen gehalten hatte, steckte er in seinen Rucksack und verließ die Wohnung. Die Tür blieb offen, das Feuer brannte weiter, der Fahrstuhl kam.

Er lief die Delitzscher Straße entlang, immer ein wenig zu dicht an der Straße, auf dem Randstein zwischen Radweg und Fahrbahn, versuchte, nach links zu kippen, doch irgendetwas stoppte ihn. Er lief das letzte Stück zur Ferdinand-Lassalle-Straße am Anger-Wehr entlang, durch den Clara-Park, und konnte doch nichts anderes wahrnehmen als seinen Hass.

Der Öffner summte, bevor Leander Lore etwas zu ihm sagen konnte, stieß er ihm den Kolben seiner eigenen Waffe in den Magen. Er schnaufte, hinter ihm schrie eine Frau, es überraschte Kalem nicht. Kaum war Hannas Leiche kalt, heuerte er die nächste Vorzeigeschnitte an. Der Schlag in den Schritt ließ ihn in die Knie gehen, er drückte den Kolben gegen Lores Schulter, sah genüsslich zu, wie der nach hinten kippte und trat an ihm vorbei in die Wohnung.

„Seine Mordwaffe kann er wieder haben", wandte er sich direkt an die Frau, die immer noch erschrocken im Flur stand. Irgendetwas lag in ihren Augen, erkannte sie ihn? Sie schien zu verstehen, öffnete ihm die Tür zum Wohnzimmer und zog eine Schublade auf. Kam ins Stocken, zog Papiere hervor, Fotos, Kontoauszüge. Kalem kannte diese Papiere, wunderte sich über ihr Stocken. War wohl doch noch nicht angeheuert. Erst mal weich vögeln, dann benutzen, dachte er und wandte sich wieder der Schublade zu.

Er legte die Waffe in die Schublade, drückte sie zu und legte seine Handflächen links und rechts auf die Wangen der Frau. Ihr Blick suchte seinen, ihm fiel es schwer, in ihre Augen zu sehen.

„Leander Lore ist eine Hure. Er kann niemanden lieben, außer sich selbst. Wie viele Leichen er dabei zurück lässt, ist ihm scheiß egal", sagte er in ihr Gesicht, wie er es Charlotte Petzold auf den Zettel geschrieben hatte. Weiße Abdrücke seiner Finger auf ihren Wangen, die sich langsam mit Farbe füllten. Sie war völlig erstarrt, der Mann im Flur wieder auf den Beinen. Kalem Ryshad versuchte gar nicht erst, den Weg durch den Flur zu nehmen, trat an der Frau vorbei zur Verandatür und stand in der Abenddämmerung, noch bevor Lore im Wohnzimmer angekommen war. Sein Jogginganzug tauchte plötzlich in Kalem Ryshads Bewusstsein auf, lächerlich, wie er darin aussah. Vollkommen anders, die perfekte Tarnung, dachte sich Kalem und ging zurück zum Anger-Wehr. Wie oft hatte er in den zwei Jahren in Deutschland hier gestanden? Er wusste es nicht. Wusste überhaupt nicht, was er, oder das, wovon er glaubte, es zu sein, den ganzen Tag so gemacht hat. Ihm fehlten ganze Tage in seiner Erinnerung, sei es gestern oder vor fünf Jahren.

Immer, wenn er hier gestanden hatte, wurde der Drang, sich in das Wehr zu stürzen, sich von den Pumpen zerfetzen zu lassen, stärker. Auch jetzt, zwei Wochen, bevor er wieder in seine Heimat sollte, die ihm nichts weiter zu bieten haben würde, als Jobs als Straßenverkäufer, Touristenbespaßer oder, wenn er Glück hatte, Kellner.

Nichts hatte er mehr von seiner Bildung. So stand er hier, am Wehr, und stellte sich vor, wie sein Körper wohl nach zehn Minuten aussehen würde.

Sophie Sumburane, Jahrgang 1987, wuchs in Potsdam auf und absolvierte dort ihr Abitur an der Eliteschule des Sports »Friedrich Ludwig Jahn« als aktive Ruderin. Seit 2007 studiert sie in Leipzig Germanistik und Afrikanistik und schreibt ihre Masterarbeit über forensische Linguistik. Kurzkrimis, Rezensionen, Reportagen und Kriminalromane sind ihre Spezialität.

Pendragon Verlag
gegründet 1981
www.pendragon.de

Gedruckt auf holz- und säurefreiem Naturpapier

1. Auflage

Originalausgabe
Veröffentlicht im Pendragon Verlag
Günther Butkus, Bielefeld 2014

Lektorat: Anja Schwarz, Günther Butkus
Herstellung und Umschlag: Uta Zeißler, Bielefeld
Foto: Hans Neleman, gettyimages
Satz: Pendragon Verlag auf Macintosh
Gesetzt aus der Adobe Garamond
ISBN 978-3-86532-386-6
Gedruckt in Deutschland

David Osborn | Jagdzeit

Thriller

Neuübersetzung | 2. Auflage | Originaltitel: Open Season
272 Seiten, Paperback, Euro 10,95 | ISBN 978-3-86532-209-8

Die Jagdsaison ist eröffnet. Greg, Ken und Art, erfolgreiche amerikanische Geschäftsmänner und brave Ehemänner, machen sich jedes Jahr auf zur Jagd: Doch Tiere haben sie nicht im Visier. Es ist vielmehr die Jagd nach Sex und Gewalt. Ein Pärchen wird gekidnappt und in ihre abgelegene Hütte in den Wäldern Nordamerikas verschleppt. Für Martin und Nancy beginnt ein Alptraum. Für die drei Freunde ist es Spaß. Unter ihrer zivilisierten Oberfläche brodelt der Killerinstinkt. Sie geben Martin und Nancy einen kleinen Zeitvorsprung, ehe die Jagd beginnt. Das Paar ist zum Abschuss freigegeben. Doch die Schatten der Vergangenheit sind lang. Plötzlich werden die Jäger zu Gejagten. Und wer kommt lebend raus aus diesem Horrortrip?

»›Jagdzeit‹ sei allen empfohlen, die einen intelligenten, politischen und zugleich spannend erzählten Thriller lesen wollen, der unter die Haut geht.«
Behrang Samsami, www.literaturkritik.de

P E N D R A G O N - Verlag